AF544491

GRöLS
Verlage

*„Bücher sind wie Fallschirme. Sie nützen uns nichts, wenn wir sie nicht öffnen."*

**Gröls Verlag**

## Redaktionelle Hinweise und Impressum

Das vorliegende Werk wurde zugunsten der Authentizität sehr zurückhaltend bearbeitet. So wurden etwa ursprüngliche Rechtschreibfehler regelmäßig *nicht* behoben, denn kleine Unvollkommenheiten machen das Buch – wie im Übrigen den Menschen – erst authentisch. Mitunter wurden jedoch zum Beispiel Absätze behutsam neu getrennt, um den Lesefluss zu erleichtern.

Um die Texte zu rekonstruieren, werden antiquarische Bücher von Lesegeräten gescannt und dann durch eine Software lesbar gemacht. Der so entstandene Text wird von Menschen gegengelesen und korrigiert – hierbei treten auch Fehler auf. Wenn Sie ebenfalls antiquarische Texte einreichen möchten, finden Sie weitere Informationen auf www.groels.de

Viel Freude bei der Lektüre wünscht Ihnen das Team des Gröls-Verlags.

**Adressen**

Verleger: Hermann-Josef Gröls,

Im Borngrund 26, 61440 Oberursel

Externer Dienstleister für Distribution & Herstellung:

BoD, In de Tarpen 42, 22848 Norderstedt

**Unsere „Edition | Werke der Weltliteratur“** hat den Anspruch, eine der größten und vollständigsten Sammlungen klassischer Literatur in deutscher Sprache zu werden. Nach und nach versammeln wir hier nicht nur die „üblichen Verdächtigen“ von Goethe bis Schiller, sondern auch Kleinode der vergangenen Jahrhunderte, die – zu Unrecht – drohen, in Vergessenheit zu geraten. Wir kultivieren und kuratieren damit einen der wertvollsten Bereiche der abendländischen Kultur. Kleine Auswahl:

**Francis Bacon** • Neues Organon • **Balzac** • Glanz und Elend der Kurtisanen • **Joachim H. Campe** • Robinson der Jüngere • **Dante Alighieri** • Die Göttliche Komödie • **Daniel Defoe** • Robinson Crusoe • **Charles Dickens** • Oliver Twist • **Denis Diderot** • Jacques der Fatalist • **Fjodor Dostojewski** • Schuld und Sühne • **Arthur Conan Doyle** • Der Hund von Baskerville • **Marie von Ebner-Eschenbach** • Das Gemeindekind • **Elisabeth von Österreich** • Das Poetische Tagebuch • **Friedrich Engels** • Die Lage der arbeitenden Klasse • **Ludwig Feuerbach** • Das Wesen des Christentums • **Johann G. Fichte** • Reden an die deutsche Nation • **Fitzgerald** • Zärtlich ist die Nacht • **Flaubert** • Madame Bovary • **Gorch Fock** • Seefahrt ist not! • **Theodor Fontane** • Effi Briest • **Robert Musil** • Über die Dummheit • **Edgar Wallace** • Der Frosch mit der Maske • **Jakob Wassermann** • Der Fall Maurizius • **Oscar Wilde** • Das Bildnis des Dorian Grey • **Émile Zola** • Germinal • **Stefan Zweig** • Schachnovelle • **Hugo von Hofmannsthal** • Der Tor und der Tod • **Anton Tschechow** • Ein Heiratsantrag • **Arthur Schnitzler** • Reigen • **Friedrich Schiller** • Kabale und Liebe • **Nicolo Machiavelli** • Der Fürst • **Gotthold E. Lessing** • Nathan der Weise • **Augustinus** • Die Bekenntnisse des heiligen Augustinus • **Marcus Aurelius** • Selbstbetrachtungen • **Charles Baudelaire** • Die Blumen des Bösen • **Harriett Stowe** • Onkel Toms Hütte • **Walter Benjamin** • Deutsche Menschen • **Hugo Bettauer** • Die Stadt ohne Juden • **Lewis Caroll** • *und viele mehr….*

# Die mehreren Wehmüller und ungarischen Nationalgesichter

## *Clemens Brentano*

Gegen Ende des Sommers, während der Pest in Kroatien, hatte Herr Wehmüller, ein reisender Maler, von Wien aus einen Freund besucht, der in dieser östreichischen Provinz als Erzieher auf dem Schlosse eines Grafen Giulowitsch lebte. Die Zeit, welche ihm seine Geschäfte zu dem Besuche erlaubten, war vorüber. Er hatte von seiner jungen Frau, welche ihm nach Siebenbürgen vorausgereist war, einen Brief aus Stuhlweißenburg erhalten, daß er sie nicht mehr länger allein lassen möge; es erwarte ihn das Offizierkorps des dort liegenden hochlöblichen ungarischen Grenadier- und Husarenregiments sehnsüchtig, um, von seiner Meisterhand gmalt, sich in dem Andenken mannigfaltiger schöner

Freundinnen zu erhalten, da ein naher Garnisonswechsel manches engverknüpfte Liebes- und Freundschaftsband zu zerreißen drohte. Dieser Brief brachte den Herrn Wehmüller in große Unruhe, denn er war viermal so lange unterwegs geblieben als gewöhnlich und dermaßen durch die Quarantäne zerstochen und durchräuchert worden, daß er die ohnedies nicht allzu leserliche Hand seiner guten Frau, die mit oft gewässerter Dinte geschrieben hatte, nur mit Mühe lesen konnte. Er eilte in die Stube seines Freundes Lury und sagte zu ihm: „Ich muß gleich auf der Stelle fort nach Stuhlweißenburg, denn die hochlöblichen Grenadier- und Husarenregimenter sind im Begriff, von dort abzuziehen; lesen Sie, der Brief ist an fünf Wochen alt." Der Freund verstand ihn nicht, nahm aber den Brief und las. Wehmüller lief sogleich zur Stube hinaus und die Treppe hinab in die Hauskapelle, um zu sehen, ob er die 39 Nationalgesichter, welche er in Öl gemalt und dort zum Trocknen aufgehängt hatte, schon ohne große Gefahr des Verwischens zusammenrollen könne. Ihre Trockenheit übertraf alle seine Erwartung, denn er malte mit

Terpentinfirnis, welcher trocken wird, ehe man sich umsieht. Was übrigens diese 39 Nationalgesichter betrifft, hatte es mit ihnen folgende Bewandtnis: Sie waren nichts mehr und nichts weniger als 39 Porträts von Ungaren, welche Herr Wehmüller gemalt hatte, ehe er sie gesehen. Er pflegte solcher Nationalgesichter immer ein halb Hundert fertig bei sich zu führen. Kam er in einer Stadt an, wo er Gewinn durch seine Kunst erwartete, so pflegte er öffentlich ausschellen oder austrommeln zu lassen: der bekannte Künstler, Herr Wehmüller, sei mit einem reichassortierten Lager wohlgetroffener Nationalgesichter angelangt und lade diejenigen unter einem hochedlen Publikum, welche ihr Porträt wünschten, untertänigst ein, sich dasselbe, Stück vor Stück zu einem Dukaten in Gold, selbst auszusuchen. Er fügte sodann noch, durch wenige Meisterstriche, einige persönliche Züge und Ehrennarben oder die Individualität des Schnurrbartes des Käufers unentgeltlich bei; für die Uniform aber, welche er immer ausgelassen hatte, mußte nach Maßgabe ihres Reichtums nachgezahlt werden. Er hatte diese

Verfahrungsart auf seinen Kunstreisen als die befriedigendste für sich und die Käufer gefunden. Er malte die Leute nach Belieben im Winter mit aller Bequemlichkeit zu Haus und brachte sie in der schönen Jahreszeit zu Markte. So genoß er des großen Trostes, daß keiner über Unähnlichkeit oder langes Sitzen klagen konnte, weil sich jeder sein Bildnis fertig nach bestimmtem Preise, wie einen Weck auf dem Laden, selbst aussuchte. Wehmüller hatte seine Gattin vorausgeschickt, um seine Ankunft in Stuhlweißenburg vorzubereiten, während er seinen Vorrat von Porträts bei seinem Freunde Lury zu der gehörigen Menge brachte; er mußte diesmal in vollem Glanze auftreten, weil er in einer Zeitung gelesen. ein Maler Froschauer aus Klagenfurt habe dieselbe Kunstreise vor. Dieser aber war bisher sein Antagonist und Nebenbuhler gewesen, wenn sie sich gleich nicht kannten, denn Froschauer war von der entgegengesetzten Schule; er hatte nämlich immer alle Uniformen voraus fertig und ließ sich für die Gesichter extra bezahlen.

Schon hatte Wehmüller die 39 Nationalgesichter zusammengerollt in eine große, weite Blechbüchse gesteckt, in welcher auch seine Farben und Pinsel, ein paar Hemden, ein Paar gelbe Stiefelstulpen und eine Haarlocke seiner Frau Platz fanden; schon schnallte er sich diese Büchse mit zwei Riemen wie einen Tornister auf den Rücken, als sein Freund Lury hereintrat und ihm den Brief mit den Worten zurückgab: „Du kannst nicht reisen; soeben hat ein Bauer hier auf dem Hofe erzählt, daß er vor einigen Tagen einen Fußreisenden begleitet habe, und daß dieser der letzte Mensch gewesen sei, der über die Grenze gekommen, denn auf seinem Rückwege hierher habe er, der Bote, schon alle Wege vom Pestkordon besetzt gefunden." Wehmüller aber ließ sich nicht mehr zurückhalten, er schob seine Palette unter den Wachstuchüberzug auf seinen runden Hut, wie die Bäcker in den Zipfel ihrer gestrickten spitzen Mützen eine Semmel zu stecken pflegen, und begann seinen Reisestab zusammenzurichten, der ein wahres Wunder der Mechanik, wenn ich mich nicht irre, von der Erfindung des Mechanikus Eckler in Berlin, war; denn er enthielt erstens: sich selbst, nämlich einen Reisestock; zweitens: nochmals sich selbst, einen Malerstock; drittens: nochmals sich selbst, einen Meßstock; viertens: nochmals sich selbst, ein Richtscheit; fünftens: nochmals sich selbst, ein Blaserohr; sechstens: nochmals sich selbst, ein Tabakspfeifenrohr; siebentens: nochmals sich selbst, einen Angelstock; darin aber waren noch ein Stiefelknecht, ein Barometer, ein Thermometer, ein Perspektiv, ein Zeichenstuhl, ein chemisches Feuerzeug, ein Reißzeug, ein Bleistift und das Brauchbarste von allem, eine approbierte hölzerne Hühneraugenfeile, angebracht; das Ganze aber war so eingerichtet, daß man die Masse des Inhalts durch den Druck einer Feder aus diesem Stocke, wie aus einer Windbüchse, seinem Feind auf den Leib schießen konnte. Während Wehmüller diesen Stock zusammenrichtete, machte Lury ihm die lebhaftesten Vorstellungen wegen der Gefahr seiner Reise, aber er ließ sich nicht halten. „So rede wenigstens mit dem Bauer selbst", sprach Lury; das war Wehmüller zufrieden und ging, ganz zum Abmarsche fertig, hinab. Kaum aber waren sie in die Schenke getreten, als der Bauer zu ihm trat und, ihm den Ärmel küssend, sagte: „Nu, gnädiger Herr, wie kommen wir schon wieder zusammen? Sie hatten ja eine solche Eile nach Stuhlweißenburg, daß ich glaubte, Euer Gnaden müßten bald dort sein.“ Wehmüller verstand den Bauer nicht, der ihm versicherte, daß er ihn, mit derselben blechernen Büchse auf dem Rücken und demselben langen Stocke in der Hand, nach der ungarischen Grenze geführt habe, und zwar zu rechter Zeit, weil kurz nachher der Weg vom Pestkordon geschlossen worden sei, wobei der Mann ihm eine Menge einzelne Vorfälle der Reise erzählte, von welchen, wie vom ganzen, Wehmüller nichts begriff. Da aber endlich der Bauer ein kleines Bild hervorzog mit den Worten: „Haben Euer Gnaden mir dieses Bildchen, das in Ihrer Büchse keinen Platz fand, nicht zu tragen gegeben, und haben es Euer Gnaden nicht in der Eile der Reise vergessen?“ – ergriff Wehmüller das Bild mit Heftigkeit. Es war das Bild seiner Frau, ganz wie von ihm selbst gemalt, ja der Name Wehmüller war unterzeichnet. Er wußte nicht, wo ihm der Kopf stand. Bald sah er den Bauer, bald Lury, bald das Bild an, „Wer gab dir das Bild?“ fuhr er den

Bauer an. „Euer Gnaden selbst“, sagte dieser; „Sie wollten nach Stuhlweißenburg zu Ihrer Liebsten, sagten Euer Gnaden, und das Botenlohn sind mir Euer Gnaden auch schuldig geblieben.“ – „Das ist erlogen!“ schrie Wehmüller. „Es ist die Wahrheit!“ sagte der Bauer. „Es ist nicht die Wahrheit!“ sagte Lury, „denn dieser Herr ist seit vier Wochen nicht hier weggekommen und hat mit mir in einer Stube geschlafen.“ Der Bauer aber wollte von seiner Behauptung nicht abgehen und drang auf die Bezahlung des Botenlohns oder auf die Rückgabe des Porträts, welches sein Pfand sei, und dem er, wenn er nicht bezahle, einen Schimpf antun wolle. Wehmüller ward außer sich. „Was?“ schrie er, „ich soll für einen andern das Botenlohn zahlen oder das Porträt meiner Frau beschimpfen lassen? Das ist entsetzlich!“ Lury machte endlich den Schiedsrichter und sagte zu dem Bauer: „Habt Ihr diesen Herrn über die Grenze gebracht?“ – „Ja!“ sagte der Bauer. „Wie kommt er dann wieder hierher, und wie war er die ganze Zeit hier?“ erwiderte Lury. „Ihr müßt ihn daher nicht recht tüchtig hinüber gebracht haben und könnt für so schlechte Arbeit kein Botenlohn begehren; bringt ihn heute nochmals hinüber, aber dermaßen, daß auch kein Stümpfchen hier in Kroatien bleibt, und laßt Euch doppelt bezahlen." Der Bauer sagte: „Ich bin es zufrieden, aber es ist doch eine sehr heillose Sache; wer von den beiden ist nun der Teufel, dieser gnädige Herr oder der andre? Es könnte mich dieser, der viel widerspenstiger scheint, vielleicht gar mit über die Grenze holen, auch ist der Weg jetzt gesperrt, und der andre war der letzte; ich glaube doch, er muß der Teufel gewesen sein, der bei der Pest zu tun hat." – „Was", schrie Wehmüller, „der Teufel mit dem Porträt meiner Frau! Ich werde verrückt; gesperrt oder nicht gesperrt, ich muß fort, der scheußlichste Betrug muß entdeckt werden. Ach, meine arme Frau, wie kann sie getäuscht werden! Adie, Lury, ich brauche keinen Boten, ich will schon allein finden." Und somit lief er zum offnen Hoftore mit solcher Schnelligkeit hinaus, daß ihn weder der nachlaufende Bauer noch das Geschrei Lurys einholen konnte.

Nach dieser Szene trat der Graf Giulowitsch, der Prinzipal Lurys, aus dem Schlosse, um auf seinen Finkenherd zu fahren.

Lury erzählte ihm die Geschichte, und der Graf, neugierig, mehr von der Sache zu hören, bestieg seinen Wurstwagen und fuhr dem Maler in vollem Trabe nach; das leichte Fuhrwerk, mit zwei raschen Pferden bespannt, flog über die Stoppelfelder, welche einen festeren Boden als die moorichte Landstraße darboten. Bald war der Maler eingeholt, der Graf bat ihn, aufzusitzen, mit dem Anerbieten, ihn einige Meilen bis an die Grenze seiner Güter zu bringen, wo er noch eine halbe Stunde nach dem letzten Grenzdorf habe. Wehmüller, der schon viel Grund und Boden an seinen Stiefeln hängen hatte, nahm den Vorschlag mit untertänigstem Dank an. Er mußte einige Züge alten Slibowitz aus des Grafen Jagdflasche tun und fand dadurch schon etwas mehr Mut, sich selbst auf der eignen Fährte zu seiner Frau nachzueilen. Der Graf fragte ihn, ob er denn niemand kenne, der ihm so ähnlich sei und so malen könne wie er. Wehmüller sagte nein, und das Porträt ängstige ihn am meisten, denn dadurch zeige sich eine Beziehung des falschen Wehmüllers auf seine Frau, welche ihm besonders fatal werden könne. Der Graf sagte ihm, der falsche Wehmüller sei wohl nur eine Strafe Gottes für den echten Wehmüller, weil dieser alle Ungarn über einen Leisten male; so gäbe es jetzt auch mehrere Wehmüller über einen Leisten. Wehmüller meinte, alles sei ihm einerlei, aber seine Frau, seine Frau, wenn die sich nur nicht irre. Der Graf stellte ihm nochmals vor, er möge lieber mit ihm auf seinen Finkenherd und dann zurückfahren; er gefährde, wenn er auch höchst unwahrscheinlich den Pestkordon durchschleichen sollte, jenseits an der Pest zu sterben. Wehmüller aber meinte: „Ein zweiter Wehmüller, der zu meiner Frau reist, ist auch eine Pest, an der man sterben kann“, und er wolle so wenig als die Schneegänse, welche schreiend über ihnen hinstrichen, den Pestkordon respektieren; er habe keine Ruhe, bis er bei seiner Tonerl sei. So kamen sie bis auf die Grenze der Giulowitschschen Güter, und der Graf schenkte Wehmüllern noch eine Flasche Tokaier mit den Worten: „Wenn Sie diese ausstechen, lieber Wehmüller, werden Sie sich nicht wundern, daß man Sie doppelt gesehn, denn Sie selbst werden alles doppelt sehn; geben Sie uns so bald als möglich Bericht von

Ihrem Abenteuer, und möge Ihre Gemahlin anders sehen, als der Bauer gesehen hat. Leben Sie wohl!“

Nun eilte Wehmüller, so schnell er konnte, nach dem nächsten Dorf, und kaum war er in die kleine, dumpfichte Schenke eingetreten, als die alte Wirtin, in Husarenuniform, ihm entgegenschrie: „Ha, ha! da sind der Herr wieder zurück, ich hab es gleich gesagt, daß Sie nicht durch den Kordon würden hinübergelassen werden.“ Wehmüller sagte, daß er hier niemals gewesen, und daß er gleich jetzt erst versuchen wolle, durch den Kordon zu kommen. Da lachte Frau Tschermack und ihr Gesinde ihm ins Gesicht und behaupteten steif und fest, er sei vor einigen Tagen hier durchpassiert, von einem Giulowitscher Bauer begleitet, dem er das Botenlohn zu zahlen vergessen; er habe ja hier gefrühstückt und erzählt, daß er nach Stuhlweißenburg zu seiner Frau Tonerl wolle, um dort das hochlöbliche Offizierkorps zu malen. Wehmüller kam durch diese neue Bestätigung, daß er doppelt in der Welt herumreise, beinahe in Verzweiflung. Er sagte der Wirtin mit kurzen Worten seine ganze Lage, sie wußte nicht, was sie glauben sollte, und sah ihn sehr kurios an. Es war ihr nicht allzu heimlich bei ihm. Aber er wartete alle ihre Skrupel nicht ab und lief wie toll und blind zum Dorfe hinaus und dem Pestkordon zu. Als er eine Viertelmeile auf der Landstraße gelaufen war, sah er auf dem Stoppelfeld eine Reihe von Rauchsäulen aufsteigen, und ein angenehmer Wacholdergeruch dampfte ihm entgegen. Er sah bald eine Reihe von Erdhütten und Soldaten, welche kochten und sangen; es war ein Hauptbivouac des Pestkordons. Als er sich der Schildwache näherte, rief sie ihm ein schreckliches „Halt!“ entgegen und schlug sogleich ihr Gewehr auf ihn an. Wehmüller stand wie angewurzelt. Die Schildwache rief den Unteroffizier, und nach einigen Minuten sprengte ein Szekler-Husar gegen ihn heran und schrie aus der Ferne: „Wos willstu, quid vis? Wo kommst her, unde venis? An welchen Ort willst du, ad quem locum vis? Bist du nicht vorige Woche hier durchpassiert, es tu non altera hebdomada hic perpassatus?“ Er fragte ihn so auf deutsch und husarenlateinisch zugleich, weil er nicht wußte, ob er ein Deutscher oder ein Ungar sei. Wehmüller mußte aus den letzten Worten des Husaren abermals hören, daß er hier schon durchgereist sei, welche Nachricht ihm eiskalt über den Rücken lief. Er schrie sich beinah die Kehle aus, daß er grade von dem Grafen Giulowitsch komme, daß er in seinem Leben nicht hier gewesen. Der Husar aber lachte und sprach: „Du lügst, mentiris! Hast du nicht dem Herrn Chirurg sein Bild gegeben, non dedidisti Domino Chirurgo suam imaginem! – daß er durch die Finger gesehen und dich passieren lassen, ut vidit per digitos et te fecit passare! Du bist zurückgekehrt aus den Pestörtern, es returnatus ex pestiferatis locis!“ Wehmüller sank auf die Knie nieder und bat, man möge den Chirurgen doch herbeirufen.

Während diesem Gespräch waren mehrere Soldaten um den Husaren herum getreten, zuzuhören; endlich kam der Chirurg auch, und nachdem er Wehmüllers Klagen angehört, der sich die Lunge fast weggeschrien, befahl er ihm, sich einem der Feuer von Wacholderholz zu nähern, so daß es zwischen ihnen beiden sei, dann wolle er mit ihm reden. Wehmüller tat dies und erzählte ihm die ganze Aussage über einen zweiten

Wehmüller, der hier durchgereist sei, und seine große Sorge, daß ihn dieser um all sein Glück betrügen könne, und bot dem Chirurgen alles an, was er besitze, er möge ihm nur durchhelfen. Der Chirurg holte nun eine Rolle Wachsleinwand aus seiner Erdhütte, und Wehmüller erblickte auf derselben eines der ungarischen Nationalgesichter, grade wie er sie selbst zu malen pflegte, auch sein Name stand drunter, und da der Chirurg sagte, ob er dies Bild nicht gemalt und ihm neulich geschenkt habe, weil er ihn passieren lassen, gestand Wehmüller, er würde nie dies Bild von den seinigen unterscheiden können, aber durchpassiert sei er hier nie und habe nie die Gelegenheit gehabt, den Herren Chirurgen zu sprechen. Da sagte der Chirurg: „Hatten Sie nicht heftiges Zahnweh? Habe ich Ihnen nicht noch einen Zahn ausgezogen für das Bild?“ – „Nein, Herr Chirurg“, erwiderte Wehmüller, „ich habe alle meine Zähne frisch und gesund, wenn Sie zuschauen wollen.“ Nun faßte der Feldscher einigen Mut; Wehmüller sperrte das Maul auf, er sah nach und gestand ihm zu, daß er ganz ein andrer Mensch sei; denn jetzt, da er ihn weder aus der Ferne noch von Rauch getrübt ansehe, müsse er ihm gestehen, daß der andre Wehmüller viel glatter und auch etwas fetter sei, ja daß sie beide, wenn sie nebeneinander ständen, kaum verwechselt werden könnten; aber durchpassieren lassen könne er ihn jetzt doch nicht. Es habe zuviel Aufsehens bei der Wache gemacht, und er könne Verdruß haben; morgen früh werde aber der Kordonkommandant mit einer Patrouille bei der Visitation hieher kommen, und da ließe sich sehen, was er für ihn tun könne; er möge bis dahin nach der Schenke des Dorfs zurückkehren, er wolle ihn rufen lassen, wenn es Zeit sei; er solle auch das Bild mitnehmen und ihm den Schnauzbart etwas spitzer malen, damit es ganz ähnlich werde. Wehmüller bat, in seiner Erdhütte einen Brief an sein Tonerl schreiben zu dürfen und ihm den Brief hinüber zu besorgen. Der Chirurg war es zufrieden. Wehmüller schrieb seiner Frau, erzählte ihr sein Unglück, bat sie um Gottes willen, nicht den falschen Wehmüller mit ihm zu verwechseln und lieber sogleich ihm entgegen zu reisen. Der Chirurg besorgte den Brief und gab

Wehmüllern noch ein Attestat, daß seine Person eine ganz andre sei als die des ersten Wehmüllers, und nun kehrte unser Maler, durchgeräuchert wie ein Quarantänebrief, nach der Dorfschenke zurück.

Hier war die Gesellschaft vermehrt, die Erzählung von dem doppelten Wehmüller hatte sich im Dorfe und auf einem benachbarten Edelhof ausgebreitet, und es waren allerlei Leute bei der Wirtin zusammengekommen, um sich wegen der Geschichte zu befragen. Unter dieser Gesellschaft waren ein alter invalider Feuerwerker und ein Franzose die Hauptpersonen. Der Feuerwerker, ein Venetianer von Geburt, hieß Baciochi und war ein Allesinallem bei dem Edelmanne, der einen Büchsenschuß von dem Dorfe wohnte. Der Franzose war ein Monsieur Devillier, der, von einer alten reichen Ungarin gefesselt, in Ungarn sitzen geblieben war; seine Gönnerin starb und hinterließ ihm ein kleines Gütchen, auf welchem er lebte und sich bei seinen Nachbarn umher mit der Jagd und allerlei Liebeshändeln die Zeit vertrieb. Er hatte gerade eine Kammerjungfer auf dem Edelhofe besucht, der er

Sprachunterricht gab, und diese hatte ihn mit dem Hofmeister des jungen Edelmanns auf seinem Rückwege in die Schenke begleitet, um ihrer Herrschaft von dem doppelten Wehmüller Bericht zu erstatten. Die Kammerjungfer hieß Nanny, und der Hofmeister war ein geborner Wiener mit Namen Lindpeindler, ein zartfühlender Dichter, der oft verkannt worden ist. Die berühmteste Person von allen war aber der Violinspieler Michaly, ein Zigeuner von etwa dreißig Jahren, von eigentümlicher Schönheit und Kühnheit, der wegen seinem großen Talent, alle möglichen Tänze ununterbrochen auf seiner Violine zu erfinden und zu variieren, bei allen großen Hochzeiten im Lande allein spielen mußte. Er war hieher gereist, um seine Schwester zu erwarten, die bis jetzt bei einer verstorbenen Großmutter gelebt und nun auf der Reise zu ihm durch den Pestkordon von ihm getrennt war. Zu diesen Personen fügte sich noch ein alter kroatischer Edelmann, der einen einsamen Hof in der Nähe der türkischen Grenze besaß; er übernachtete hier, von einem Kreistage zurückkehrend. Ein Tiroler Teppichkrämer und sein Reisegeselle, ein

Savoyardenjunge, dem sein Murmeltier gestorben war, und der sich nach Hause bettelte, machten die Gesellschaft voll, außer der alten Wirtin, die Tabak rauchte und in ihrer Jugend als Amazone unter den Wurmserschen Husaren gedient hatte. Sie trug noch den Dolman und die Mütze, die Haare in einen Zopf am Nacken und zwei kleine Zöpfe an den Schläfen geknüpft, und hatte hinter ihrem Spinnrad ein martialisches Ansehen. Diese bunte Versammlung saß in der Stube, welche zugleich die Küche und der Stall für zwei Büffelkühe war, um den lodernden, niedern Feuerherd und war im vollen Gespräch über den doppelten Wehmüller, als dieser in der Dämmerung an der verschlossenen Haustüre pochte. Die Wirtin fragte zum Fenster hinaus, und als sie Wehmüller sah, rief sie: „Gott steh uns bei! Da ist noch ein dritter Wehmüller; ich mache die Türe nicht eher auf, bis sie alle drei zusammen kommen!“

Ein lautes Gelächter und Geschrei des Verwunderns aus der Stube unterbrach des armen Malers Bitte um Einlaß. Er nahte sich dem Fenster und hörte eine lebhafte Beratschlagung über sich an. Der kroatische Edelmann behauptete, er könne sehr leicht ein Vampyr sein oder die Leiche des ersten an der Pest verstorbenen Wehmüllers, die hier den Leuten das Blut aussaugen wolle; der Feuerwerker meinte, er könne die Pest bringen, er habe wahrscheinlich den Kordon überschritten und sei wieder zurückgeschlichen; der Tiroler bewies, er würde niemand fressen; die Kammerjungfer verkroch sich hinter dem Franzosen, der, nebst dem Hofmeister, die Gastfreiheit und Menschlichkeit verteidigte. Devillier sagte, er könne nicht erwarten, daß eine so auserwählte Gesellschaft, in der er sich befände, jemals aus Furcht und Aberglauben die Rechte der Menschheit so sehr verletzen werde, einen Fremden wegen einer bloßen Grille auszusperren, er wolle mit dem Manne reden; der Zigeuner aber ergriff in dem allgemeinen, ziemlich lauten Wortwechsel seine Violine und machte ein wunderbares Schariwari dazu, und da die ungarischen Bauern nicht leicht eine Fiedel hören, ohne den Tanzkrampf in den Füßen zu fühlen, so versammelte sich bald Horia und Klotzka vor der Schenke – was so viel heißt als Hinz und Kunz bei uns zulande – die Mädchen wurden aus den Betten getrieben und vor die

Schenke gezogen, und sie begannen zu jauchzen und zu tanzen.

Durch den Lärm ward der Vizegespan, des Orts Obrigkeit, herbeigelockt, und Wehmüller brachte ihm seine Klagen und das Attestat des Chirurgen vor, versprach ihm auch, sein Porträt unter den Nationalgesichtern sich aussuchen zu lassen, wenn er ihm ein ruhiges Nachtquartier verschaffe und seine Persönlichkeit in der Schenke attestiere. Der Vizegespan ließ sich nun die Schenke öffnen und las drinnen das Attestat des Herren Chirurgen, das er allen Anwesenden zur Beruhigung mitteilte. Durch seine Autorität brachte er es dahin, daß Wehmüller endlich hereingelassen wurde, und er nahm, um der Sache mehr Ansehen zu geben, ein Protokoll über ihn auf, an dem nichts merkwürdig war, als daß es mit dem Worte „sondern“ anfing. Indessen hatten die Bauern den musikalischen Zigeuner herausgezerrt und waren mit ihm unter die Linde des Dorfs gezogen, der Tiroler zog hintendrein und joudelte aus der Fistel, der Savoyarde gurgelte sein *“Escoutta Gianetta“* und klapperte mit dem Deckel seines leeren Kastens den Takt dazu bis unter die Linde. Monsieur Devillier forderte die Kammerjungfer zu einem Tänzchen auf, und Herr Lindpeindler gab der schönen Herbstnacht und dem romantischen Eindruck nach. So war die Stube ziemlich leer geworden; Wehmüller holte seine Nationalgesichter aus der Blechbüchse, und der Vizegespan hatte bald sein Porträt gefunden, versprach auch dem Maler ins Ohr, daß er ihm morgen über den Kordon helfen wolle, wenn er ihm heute nacht noch eine Reihe Knöpfe mehr auf die Jacke male. Wehmüller dankte ihm herzlich und begann sogleich bei einer Kienfackel seine Arbeit. Der Feuerwerker und der kroatische Edelmann rückten zu dem Tisch, auf welchem Wehmüller seine Flasche Tokaier preisgab; die Herren drehten sich die Schnauzbärte, steckten sich die Pfeifen an und ließen es sich wohlschmecken. Der Vizegespan sprach von der Jagdzeit, die am St. Egiditag, da der Hirsch in die Brunst gehe, begonnen habe, und daß er morgen früh nach einem Vierzehnender ausgehen wolle, der ihm großen Schaden in seinem Weinberge getan; zugleich lud er Herrn Wehmüller ein, mitzugehen, wobei er ihm auf den Fuß trat. Wehmüller verstand, daß dies ein Wink sei, wie er ihm über den Kordon helfen wolle, und wenn ihm gleich nicht so zumute war, gern von Hirschgeweihen zu hören, nahm er doch das Anerbieten mit Dank an, nur bat er sich die Erlaubnis aus, nach der Rückkehr das Bild des Herrn Vizegespans in seinem Hause fertig malen zu dürfen. Der kroatische Edelmann und der Feuerwerker sprachen nun noch mancherlei von der Jagd, und wie der Wein so vortrefflich stehe, darum sei das Volk auch so lustig; wenn der unbequeme Pestkordon nur erst aufgelöst sei; aller Verkehr sei durch ihn gestört, und der Kordon sei eigentlich ärger als die Pest selbst. „Es wird bald aus sein mit dem Kordon“, sagte der Kroate, „die Kälte ist der beste Doktor, und ich habe heute an den Eicheln gesehen, daß es einen strengen Winter geben wird; denn die Eicheln kamen heuer früh und viel, und es heißt von den Eicheln im September:

Haben sie Spinnen, so kömmt ein bös Jahr,
Haben sie Fliegen, kömmt Mittelzeit zwar,
Haben sie Maden, so wird das Jahr gut,

Ist nichts darin, so hält der Tod die Hut,
Sind die Eicheln früh und sehr viel,
So schau, was der Winter anrichten will:
Mit vielem Schnee kömmt er vor Weihnachten,
Darnach magst du große Kälte betrachten.
Sind die Eicheln schön innerlich,
Folgt ein schöner Sommer, glaub sicherlich;
Auch wird dieselbe Zeit wachsen schön Korn,
Also ist Müh und Arbeit nicht verlorn.
Werden sie innerlich naß befunden,
Tuts uns einen nassen Sommer bekunden;
Sind sie mager, wird der Sommer heiß,
Das sei dir gesagt mit allem Fleiß.

Diesen September waren sie aber so früh und häufig, daß es gewiß bald kalt und der Frost die Pest schon vertilgen wird." – „Ganz recht", sagte der Vizegespan, „wir werden einen frühen Winter und einen schönen Herbst haben, denn tritt der Hirsch an einem schönen Egiditag in Brunst, so tritt er auch an einem schönen Tag heraus, und wenn er früh eintritt, wie dieses Jahr, so naht der Winter auch früh."

Über diesen Wetterbetrachtungen kamen sie auf kalte Winter zu sprechen, und der Kroate erzählte folgende Geschichte, die ihm vor einigen Jahren im kalten Winter in der Christnacht geschehen sein sollte, und er beschwor sie hoch und teuer. Aber eben, als er beginnen wollte, schallte ein großer Spektakel von der Linde her. Lindpeindler und die Kammerjungfer stürzten mit dem Geschrei in die Stube, auf dem Tanzplatz sei wieder ein Wehmüller erschienen. „Ach", schrie die Kammerjungfer, „er hat mich wie ein Gespenst angepackt und ist mit mir so entsetzlich unter der Linde herumgetanzt, daß mir die Haube in den Zweigen blieb." Auf diese Aussage sprangen alle vom Tisch auf und wollten hinausstürzen. Der Vizegespan aber gebot dem Maler, sitzen zu bleiben, bis man wisse, ob er oder der andere es sei. Da näherte sich das Spektakel, und bald trat der Zigeuner, lustig fiedelnd, von den krähenden Bauern begleitet, mit dem neuen Wehmüller vor die Schenke. Da klärte sich denn bald der Scherz auf. Devillier hatte den grauen Reisekittel und den Hut Wehmüllers im Hinausgehen aufgesetzt und ein blechernes Ofenrohr, das in einem Winkel lag, umgehängt, die furchtsame Kammerjungfer zu erschrecken. Nanny ward sehr ausgelacht, und der Vizegespan befahl nun den Leuten, zu Bette zu gehen; da aber einige noch tanzen wollten und grob wurden, rief er nach seinen Heiducken, setzte selbst eine Bank vor die Türe, legte eigenhändig einen frechen Burschen über und ließ ihm fünf aufzählen, auf welche kleine Erfrischung die ganze Ballgesellschaft mit einem lauten *“Vivat noster Dominus Vicegespannus!“* jubelnd nach Haus zog. Nun ordnete sich die übrige Gesellschaft in der engen Stube, wie es gehen wollte, um Tisch und Herd, auf Kübeln und Tonnen und den zur Nachtstreue von der Wirtin angeschleppten Strohbündeln. Devillier ließ einige Krüge Wein bringen, und der erschrockenen Kammerjungfer wurde auf den Schreck wacker zugetrunken. Man bat dann den Kroaten, seine versprochene Geschichte zu erzählen, welcher, während Wehmüller in schweren Gedanken an sein Tonerl Knöpfe malte, also begann.

## *Das Pickenick des Katers Mores*

Erzählung des kroatischen Edelmanns

Mein Freihof liegt einsam, eine halbe Stunde von der türkischen Grenze, in einem sumpfichten Wald, wo alles im herrlichsten und fatalsten Überfluß ist, zum Beispiel die Nachtigallen, die einen immer vor Tag aus dem Schlafe wecken, und im letzten Sommer pfiffen die Bestien so unverschämt nah und in solcher Menge vor meinem Fenster, daß ich einmal im größten Zorne den Nachttopf nach ihnen warf. Aber ich kriegte bald einen Hausgenossen, der ihnen auf den Dienst paßte und mich von dem Ungeziefer befreite. Heut sind es drei Jahre, als ich morgens auf meinen Finkenherd ging, mit einem Pallasch, einer guten Doppelbüchse und einem Paar doppelten Pistolen versehen, denn ich hatte einen türkischen Wildpretdieb und Händler auf dem Korn, der mir seit einiger Zeit großen Wildschaden angetan und mir, da ich ihn gewarnt hatte, trotzig hatte sagen lassen, er störe sich nicht an mir und wolle unter meinen Augen in meinem Wald jagen. Als ich nach dem

Finkenherd kam, fand ich alle meine ausgestellten Dohnen und Schlingen ausgeleert und merkte, daß der Spitzbube mußte da gewesen sein. Erbittert stellte ich meinen Fang wieder auf, da strich ein großer schwarzer Kater aus dem Gesträuch murrend zu mir her und machte sich so zutulich, daß ich seinen Pelz mit Wohlgefallen ansah und ihn liebkoste mit der Hoffnung, ihn an mich zu gewöhnen und mir etwa aus seinen Winterhaaren eine Mütze zu machen. Ich habe immer so eine lebendige Wintergarderobe im Sommer in meinem Revier, ich brauche darum kein Geld zum Kürschner zu tragen, es kommen mir auch keine Motten in mein Pelzwerk. Vier Paar tüchtige lederne Hosen laufen immer als lebendige Böcke auf meinem Hofe, und mitten unter ihnen ein herrlicher Dudelsack, der sich jetzt als lebendiger Bock schon so musikalisch zeigt, daß die zu einzelnen Hosenbeinen bestimmten Kandidaten, sobald er meckernd unter sie tritt, zu tanzen und gegeneinander zu stutzen anfangen, als fühlten sie jetzt schon ihre Bestimmung, einst mit meinen Beinen nach diesem Dudelsack ungarisch zu tanzen. So habe ich auch einen neuen Reisekoffer als Wildsau in meinem Forste herumlaufen, ein prächtiger Wolfspelz hat mir im letzten Winter in der Gestalt von sechs tüchtigen Wölfen schon auf den Leib gewollt; die Bestien hatten mir ein tüchtiges Loch in die Kammertüre genagt, da fuhr ich einem nach dem andern durch ein Loch über der Türe mit einem Pinsel voll Ölfarbe über den Rücken und erwarte sie nächstens wieder, um ihnen das Fell über die Ohren zu ziehen.

Aus solchen Gesichtspunkten sah ich auch den schwarzen Kater an und gab ihm, teils weil er schwarz wie ein Mohr war, teils weil er gar vortreffliche Mores oder Sitten hatte, den Namen Mores. Der Kater folgte mir nach Hause und wußte sich so vortrefflich durch Mäusefangen und Verträglichkeit mit meinen Hunden auszuzeichnen, daß ich den Gedanken, ihn aus seinem Pelz zu vertreiben, bald aufgegeben hatte. Mores war mein steter Begleiter, und nachts schlief er auf einem ledernen Stuhl neben meinem Bette. Merkwürdig war es mir besonders an dem Tiere, daß es, als ich ihm scherzhaft bei Tage einigemal Wein aus meinem Glase zu trinken anbot, sich gewaltig dagegen sträubte und ich es doch einst im Keller erwischte, wie es den Schwanz ins Spundloch hängte und dann mit dem größten Appetit ableckte. Auch zeichnete sich Mores vor allen Katzen durch seine Neigung, sich zu waschen, aus, da doch sonst sein Geschlecht eine Feindschaft gegen das Wasser hat. Alle diese Absonderlichkeiten hatten den Mores in meiner Nachbarschaft sehr berühmt gemacht, und ich ließ ihn ruhig bei mir aus und ein gehen, er jagte auf seine eigne Hand und kostete mich nichts als Kaffee, den er über die Maßen gern soff. So hatte ich meinen Gesellen bis gegen Weihnachten immer als Schlafkameraden gehabt, als ich ihn die zwei letzten Tage und Nächte vor dem Christtag ausbleiben sah. Ich war schon an den Gedanken gewöhnt, daß ihn irgendein Wildschütze, vielleicht gar mein türkischer Grenznachbar, möge weggeschossen oder gefangen haben, und sendete deswegen einen Knecht hinüber zu dem Wildhändler, um etwas von dem Mores auszukundschaften. Aber der Knecht kam mit der Nachricht zurück, daß der Wildhändler von meinem Kater nichts wisse, daß er eben von einer Reise von Stambul zurückgekommen sei und seiner Frau eine Menge schöner Katzen mitgebracht habe;

übrigens sei es ihm lieb, daß er von meinem trefflichen Kater gehört, und wolle er auf alle Weise suchen, ihn in seine Gewalt zu bringen, da ihm ein tüchtiger Bassa für sein Serail fehle. Diese Nachricht erhielt ich mit Verdruß am Weihnachtsabend und sehnte mich um so mehr nach meinem Mores, weil ich ihn dem türkischen Schelm nicht gönnte. Ich legte mich an diesem Abend früh zu Bette, weil ich in der Mitternacht eine Stunde Weges nach der Kirche in die Metten gehen wollte. Mein Knecht weckte mich zur gehörigen Zeit; ich legte meine Waffen an und hängte meine Doppelbüchse, mit dem gröbsten Schrote geladen, um. So machte ich mich auf den Weg, in der kältesten Winternacht, die ich je erlebt; ich war eingehüllt wie ein Pelznickel, die brennende Tabakspfeife fror mir einigemal ein, der Pelz um meinen Hals starrte von meinem gefrornen Hauch wie ein Stachelschwein, der feste Schnee knarrte unter meinen Stiefeln, die Wölfe heulten rings um meinen Hof, und ich befahl meinen Knechten, Jagd auf sie zu machen.

So war ich bei sternheller Nacht auf das freie Feld hinaus gekommen und sah schon in der Ferne eine Eiche, die auf einer kleinen Insel mitten in einem zugefrornen Teiche stand und etwa die Hälfte des Weges bezeichnete, den ich zum Kirchdorf hatte. Da hörte ich eine wunderbare Musik und glaubte anfangs, es sei etwa ein Zug Bauern, der mit einem Dudelsack sich den Weg zur Kirche verkürzte, und so schritt ich derber zu, um mich an diese Leute anzuschließen. Aber je näher ich kam, je toller war die kuriose Musik, sie löste sich in ein Gewimmer auf, und, schon dem Baume nah, hörte ich, daß die Musik von demselben herunter schallte. Ich nahm mein Gewehr in die Hand, spannte den Hahn und schlich über den festen Teich auf die Eiche los; was sah ich, was hörte ich? Das Haar stand mir zu Berge; der ganze Baum saß voll schrecklich heulender Katzen, und in der Krone thronte mein Herr Mores mit krummem Buckel und blies ganz erbärmlich auf einem Dudelsack, wozu die Katzen unter gewaltigem Geschrei um ihn her durch die Zweige tanzten. Ich war anfangs vor Entsetzen wie versteinert, bald aber zwickte mich der Klang des Dudelsacks so sonderbar in den Beinen, daß ich selbst anfing zu tanzen und beinahe in eine von Fischern gehauene

Eisöffnung fiel; da tönte aber die Mettenglocke durch die helle Nacht, ich kam zu Sinnen und schoß die volle Schrotladung meiner Doppelbüchse in den vermaledeiten Tanzchor hinein, und in demselben Augenblick fegte die ganze Tanzgesellschaft wie ein Hagelwetter von der Eiche herunter und wie ein Bienenschwarm über mich weg, so daß ich auf dem Eise ausglitt und platt niederstürzte. Als ich mich aufraffte, war das Feld leer, und ich wunderte mich, daß ich auch keine einzige von den Katzen getroffen unter dem Baume fand. Der ganze Handel hatte mich so erschreckt und so wunderlich gemacht, daß ich es aufgab, nach der Kirche zu gehen; ich eilte nach meinem Hofe zurück und schoß meine Pistolen mehrere Male ab, um meine Knechte herbeizurufen. Sie nahten mir bald auf dieses verabredete Zeichen; ich erzählte ihnen mein Abenteuer, und der eine, ein alter, erfahrener Kerl, sagte: „Sei'n Ihr Gnaden nur ruhig, wir werden die Katzen bald finden, die Ihr Gnaden geschossen haben.“ Ich machte mir allerlei Gedanken und legte mich zu Hause, nachdem ich auf den Schreck einen warmen Wein getrunken hatte, zu Bett.

Als ich gegen Morgen ein Geräusch vernahm, erwachte ich aus dem unruhigen Schlaf, und sieh da: mein vermaledeiter Mores lag – mit versengtem Pelz – wie gewöhnlich neben mir auf dem Lederstuhl. Es lief mir ein grimmiger Zorn durch alle Glieder; „Passaveanelkiteremtete!“ schrie ich, „vermaledelte Zauberkanaille! bist du wieder da?“ und griff nach einer neuen Mistgabel, die neben meinem Bette stand; aber die Bestie stürzte mir an die Kehle und würgte mich; ich schrie Zetermordio. Meine Knechte eilten herbei mit gezogenen Säbeln und fegten nicht schlecht über meinen Mores her, der an allen Wänden hinauf fuhr, endlich das Fenster zerstieß und dem Walde zustürzte, wo es vergebens war, das Untier zu verfolgen; doch waren wir gewiß, daß Herr Mores seinen Teil Säbelhiebe weghabe, um nie wieder auf dem Dudelsack zu blasen. Ich war schändlich zerkratzt, und der Hals und das Gesicht schwoll mir gräßlich an. Ich ließ nach einer slavonischen Viehmagd rufen, die bei mir diente, um mir einen Umschlag von ihr kochen zu lassen, aber sie war nirgends zu finden, und ich mußte nach dem Kirchdorf fahren, wo ein

Feldscher wohnte. Als wir an die Eiche kamen, wo das nächtliche Konzert gewesen war, sahen wir einen Menschen darauf sitzen, der uns erbärmlich um Hülfe anflehte. Ich erkannte bald Mladka, die slavonische Magd; sie hing halb erfroren mit den Röcken in den Baumästen verwickelt, und das Blut rann von ihr nieder in den Schnee; auch sahen wir blutige Spuren von da her, wo mich die Katzen über den Haufen geworfen, nach dem Walde zu. Ich wußte nun, wie es mit der Slavonierin beschaffen war, ließ sie schwebend, daß sie die Erde nicht berührte, auf den Wurstwagen tragen und festbinden und fuhr eilend mit der Hexe nach dem Dorfe. Als ich bei dem Chirurg ankam, wurde gleich der Vizegespan und der Pfarrer des Orts gerufen, alles zu Protokoll genommen, und die Magd Mladka ward ins Gefängnis geworfen; sie ist zu ihrem Glück an dem Schuß, den sie im Leibe hatte, gestorben, sonst wäre sie gewiß auf den Scheiterhaufen gekommen. Sie war ein wunderschönes Weibsbild, und ihr Skelett ist nach Pest ins Naturalienkabinett als ein Muster schönen Wachstums gekommen; sie hat sich auch herzlich bekehrt und ist unter vielen Tränen gestorben. Auf ihre Aussagen sollten verschiedene andere Weibspersonen in der Gegend gefangengenommen werden, aber man fand zwei tot in ihren Betten, die anderen waren entflohen.

Als ich wiederhergestellt war, mußte ich mit einer Kreiskommission über die türkische Grenze reisen; wir meldeten uns bei der Obrigkeit mit unserer Anzeige gegen den Wildhändler, aber da kamen wir schier in eine noch schlimmere Suppe; es wurde uns erklärt, daß der Wildhändler nebst seiner Frau und mehreren türkischen, serbischen und slavonischen Mägden und Sklavinnen von Schrotschüssen und Säbelhieben verwundet zu Hause angekommen, und daß der Wildhändler gestorben sei mit der Angabe: er sei, von einer Hochzeit kommend, auf der Grenze von mir überfallen und so zugerichtet worden. Während dies angezeigt wurde, versammelte sich eine Menge Volks, und die Frau des Wildhändlers mit mehreren Weibern und Mägden, verbunden und bepflastert, erhoben ein mörderliches Geschrei gegen uns. Der Richter sagte: er könne uns nicht schützen, wir möchten sehen, daß wir fortkämen; da eilten wir nach dem Hof, sprangen zu Pferde, nahmen den Kreiskommissär in die Mitte, ich setzte mich an die Spitze der sechs Szekler-Husaren, die uns begleitet hatten, und so sprengten wir, Säbel und Pistole in der Hand, früh genug zum Orte hinaus, um nicht mehr zu erleiden als einige Steinwürfe und blinde Schüsse, eine Menge türkischer Flüche mit eingerechnet. Die Türken verfolgten uns bis über die Grenze, wurden aber von den Szeklern, die sich im Walde setzten, so zugerichtet, daß wenigstens ein paar von ihnen dem Wildhändler in Mahomeds Paradies Nachricht von dem Erfolg werden gegeben haben. Als ich nach Haus kam, war das erste, daß ich meinen Dudelsack visitierte, den ich auch mit drei Schroten durchlöchert hinter meinem Bette liegen fand. Mores hatte also auf meinem eigenen Dudelsack geblasen und war von ihm gegen meinen Schuß gedeckt worden. Ich hatte mit der unseligen Geschichte noch viele Schererei, ich wurde weitläufig zu Protokoll vernommen, es kam eine Kommission nach der andern auf meinen Hof und ließ sich tüchtig aufwarten; die Türken klagten wegen Grenzverletzung, und ich mußte es mir am Ende noch mehrere Stücke Wild und ein ziemliches Geld kosten lassen, daß die Gerichtsplackerei endlich einschlief, nachdem ich und meine Knechte vereidigt worden waren. Trotzdem wurde ich mehrmals vom Kreisphysikus untersucht, ob ich auch völlig bei Verstand sei, und dieser kam nicht eher zur völligen Gewißheit darüber, bis ich ihm ein Paar doppelte Pistolen und seiner Frau eine Verbrämung von schwarzem Fuchspelz und mehrere tüchtige Wildbraten zugeschickt hatte. So wurde die Sache endlich stille; um aber in etwas auf meine Kosten zu kommen, legte ich eine Schenke unter der Eiche auf der Insel in dem Teiche an, wo seither die Bauern und Grenznachbarn aus der Gegend sich sonntags im Sommer viel einstellen und den ledernen Stuhl, worauf Mores geschlafen, und an den ich ein Stück seines Schweifs, das ihm die Knechte in der Nacht abgehauen, genagelt habe, besehen; den Dudelsack habe ich flicken lassen, und mein Knecht, der den Wirt dort macht, pflegt oben in der Eiche, wo Mores gesessen, darauf den Gästen, die um den Baum tanzen, vorzuspielen. Ich habe schon ein schönes Geld da eingenommen, und wenn mich die Herrschaften einmal dort besuchen wollen, so sollen sie gewiß gut bedient werden.

Diese Erzählung, welche der Kroat mit dem ganzen Ausdruck der Wahrheit vorgebracht hatte, wirkte auf die verschiedenste Weise in der Gesellschaft. Der Vizegespan, der Tiroler und die Wirtin hatten keinen Zweifel und der Savoyarde zeigte seine Freude, daß man noch kein Beispiel gehabt habe: ein Murmeltier sei eine Hexe gewesen. Lindpeindler äußerte: es möge an der Geschichte wahr sein, was da wolle, so habe sie doch eine höhere poetische Wahrheit; sie sei in jedem Falle wahr, insofern sie den Charakter der Einsamkeit, Wildnis und der türkischen Barbarei ausdrücke; sie sei durchaus für den Ort, auf welchem sie spiele, scharf bezeichnend und mythisch und darum dort wahrer als irgendeine Lafontainesche Familiengeschichte. Aber es verstand keiner der Anwesenden, was Lindpeindler sagen wollte, und Devillier leugnete ihm grade ins Gesicht, daß Lafontaine irgendeine seiner *Fabeln* jemals für eine wahre Familiengeschichte ausgegeben habe; Lindpeindler schwieg und wurde verkannt.

Nun aber wendete sich der Franzose zu der Kammerjungfer, welche sich mit stillem Schauer in einen Winkel gedrückt hatte, sprechend: „Und Sie, schöne Nanny, sind ja so stille, als fühlten Sie sich bei der Geschichte getroffen.“ – „Wieso getroffen?“ fragte Nanny. „Nun, ich meine“, erwiderte Devillier lächelnd, „von einem Schrote des kroatischen Herrn. Sollte das artigste Kammerkätzchen der Gegend nicht zu dem Teedansant eingeladen gewesen sein? – Das wäre ein Fehler des Herrn Mores gegen die Galanterie, wegen welchem er die Rache seines Herrn allein schon verdient hätte.“ Alle lachten, Nanny aber gab dem Franzosen eine ziemliche Ohrfeige und erwiderte: „Sie sind der Mann dazu, einen in den Ruf zu bringen, daß man geschossen sei, denn Sie haben selbst einen Schuß!“ und dabei zeigte sie ihm von neuem die fünf Finger; worauf Devillier sagte: „Erhebt das nicht den Verdacht, sind das nicht Katzenmanieren? Sie waren gewiß dabei! Frau Tschermack, die Wirtin, wird es uns sagen können, denn die hat gewiß nicht gefehlt; ich glaube, daß sie die Blessur in der Hüfte eher bei solcher Gelegenheit als bei den Wurmserschen

Husaren erhalten.“ Alles lachte von neuem, und der Zigeuner sagte: „Ich will sie fragen.“

Der Kroate fand sich über die Ungläubigkeit Devilliers gekränkt und fing an, seine Geschichte nochmals zu beteuern, indem er seine pferdehaarne steife Halsbinde ablöste, um die Narben von den Klauen des Mores zu zeigen. Nanny drückte die Augen zu, und indessen brachte der Zigeuner die Nachricht. Frau Tschermack meine, Mores müsse es selbst am besten wissen. Er setzte mit diesen Worten die große schwarze Katze der Wirtin, welche er vor der Türe gefangen hatte, der Kammerjungfer in den Schoß, welche mit einem heftigen Schrei des Entsetzens auffuhr. – „Eingestanden!“ rief Devillier; aber der Spaß war dumm, denn Nanny kam einer Ohnmacht nah, die Katze sprang auf den Tisch, warf das Licht um und fuhr dem armen Wehmüller über seine nassen Farben; der Vizegespan riß das Fenster auf und entließ die Katze, aber alles war rebellisch geworden; die Büffelkühe im Hintergrund der Stube zerrten an den Ketten, und jeder drängte nach der Türe. Wehmüller und Lindpeindler sprangen auf den Tisch und stießen mit dem Tiroler zusammen, der es auch in demselben Augenblick tat und mit seinen nägelbeschlagenen Schuhen mehr Knopflöcher in das Porträt des Vizegespans trat, als Knöpfe darauf waren. Devillier trug Nanny hinaus; der Kroate schrie immer: „Da haben wir es, das kömmt vom Unglauben!" Frau Tschermack aber, welche mit einem vollen Weinkrug in die Verstörung trat, fluchte stark und beruhigte die Kühe; der Zigeuner griff wie ein zweiter Orpheus nach seiner Violine, und als Monsieur Devillier mit Nanny, die er am Brunnen erfrischt hatte, wieder hereintrat, kniete der kecke Bursche vor ihr nieder und sang und spielte eine so rührende Weise auf seinem Instrument, daß niemand widerstehen konnte und bald alles stille ward. Es war dies ein altes zigeunerisches Schlachtlied, wobei der Zigeuner endlich in Tränen zerfloß, und Nanny konnte ihm nicht widerstehen, sie weinte auch und reichte ihm die Hand; Lindpeindler aber sprang auf den Sänger zu und umarmte ihn mit den Worten: „O, das ist groß, das ist ursprünglich! Bester Michaly, wollen Sie mir Ihr Lied wohl in die Feder diktieren?" – „Nimmermehr!" sagte der Zigeuner, „so was diktiert sich nicht, ich wüßte es auch jetzt nicht mehr, und wenn Sie mir den Hals abschnitten; wenn ich einmal wieder eine schöne Jungfer betrübt habe, wird es mir auch wieder einfallen."

Da lachte die ganze Gesellschaft, und Michaly begann so tolle Melodien aus seiner Geige herauszulocken, daß die Fröhlichkeit bald wieder hergestellt wurde und Devillier den Kroaten fragte, ob Mores nicht diesen Tanz aufgespielt hätte; Herr Lindpeindler notierte sich wenigstens den Inhalt des extemporierten Liedes; es war die Wehklage über den Tod von tausend Zigeunern. Im Jahr 1537 wurde in den Zapolischen Unruhen das Kastell Nagy-Ida in der Abanywarer Gespanschaft mit Belagerung von kaiserlichen Truppen bedroht. Franz von Perecey, der das Kastell verteidigte, stutzte, aus Truppenmangel, tausend Zigeuner in der Eile zu Soldaten und legte sie unter reichen Versprechungen von Geld und Freiheiten auf Kindeskinder, wenn sie sich wacker hielten, gegen den ersten Anlauf in die äußeren Schanzen. Auf diese vertrauend hielten sich diese Helden auch ganz vortrefflich, sie empfingen die Belagerer mit einem heftigen Feuer, so daß sie umwendeten. Aber nun krochen die Helden übermütig aus ihren Löchern und schrien den Fliehenden nach: „Geht zum Henker, ihr Lumpen, hätten wir noch Pulver und Blei, so wollten wir euch anders zwiebeln." Da sahen sich die Abziehenden um, und als sie statt regulierter Truppen einen frechen Zigeunerschwarm auf den Wällen merkten, ergriff sie der Zorn, sie drangen in die Schanze und säbelten die armen Helden bis auf den letzten Mann nieder. Diese Niederlage, eine der traurigsten Erinnerungen der Zigeuner in jener Gegend, hatte Michaly in der Klage einer Mutter um ihren Sohn und einer Braut um ihren gefallenen Geliebten besungen. Devillier sagte nun zu dem Kroaten: „Damit Sie nicht länger meinen Glauben an den Hexenmeister Mores in Katzengestalt bezweifeln, will ich Ihnen eine Geschichte erzählen, bei welcher ich selbst geholfen habe, ein paar hundert solcher Zauberer zu töten." – Ein paar hundert!" riefen mehrere in der Gesellschaft. „Ja!" erwiderte Devillier, „und das will ich ebenso getrost beschwören als unser Freund den musizierenden Katzenkongreß.“

### *Devilliers Erzählung von den Hexen auf dem Austerfelsen*

Vor mehreren Jahren, da ich als Lieutenant zu Dünkirchen in Garnison lag, genoß ich der vertrauten Freundschaft meines Majors, eines alten Gascogners. Er war ein großer Liebhaber von Austern, und zu seiner Majorschaft gehörte der Genuß von einem großen Austerfelsen, der hinter einem Lustwäldchen einen halben Büchsenschuß weit vom Ufer in der See lag, so daß man ihn bei der Ebbe trocknen Fußes erreichen konnte, um die frischen Austern vom Felsen zu schlagen. Da der Major eine Zeit her bemerkt hatte, daß in den meisten zutage liegenden Austern nichts drinnen war, konnte er sich gar nicht denken, wer ihm die Austern aus den Schalen hinwegstehle, und er bat mich, ihn in einer Nacht, mit Schießgewehr bewaffnet, nach dem Austerfelsen zu begleiten, um den Dieb zu belauern. Wir hatten kaum das kleine Gehölz betreten, als uns ein schreckliches Katzengeheul nach der See hin rief, und wie groß war unser Erstaunen, als wir den Felsen mit einer Unzahl von Katzen besetzt fanden, die, ohne sich von der Stelle zu bewegen, das durchdringendste Jammergeschrei ausstießen. Ich wollte unter sie schießen, aber mein Freund warnte mich, indem es gewiß eine Gesellschaft von Zauberern und Hexen sei und ich durch den Schuß ihre Rache auf uns ziehen könnte. Ich lachte und lief mit gezogenem Säbel nach dem Felsen hin; aber wie ward mir zumute, da ich unter die Bestien hieb und sich doch keine einzige von der Stelle bewegte! Ich warf meinen Mantel über eine, um sie ungekratzt von der Erde aufheben zu können, aber es war unmöglich, sie von der Stelle zu bringen, sie war wie angewurzelt. Da lief es mir eiskalt über den Rücken, und ich eilte, zu meinem Freunde zurückzukommen, der mich wegen meiner tollkühnen Expedition tüchtig ausschmälte. Wir standen noch, bis die Flut eintrat, um zu sehen, wie sich die Hexenmeister betragen würden, wenn das Wasser über sie her strömte; aber da ging es uns wie unserem kroatischen Freunde, als die Kirchglocke das Katzenpickenick auf der Eiche unterbrach. Kaum rollte die erste Welle über den Felsen, als die ganze Hexengesellschaft mit solchem Ungestüm gegen das Ufer und auf uns los stürzte, daß wir in der größten Eile Reißaus nahmen. Am andern Morgen begab sich der alte Major zum Gouverneur der Festung und zeigte ihm an: wie die ganze Festung voll Hexen und Zauberern sei, deren Versammlung er auf seinem Austerfelsen entdeckt habe. Der Gouverneur lachte ihn anfangs aus und begann, als er ernsthaft Truppen begehrte, diese Zauberer in der nächsten Nacht niederschießen zu lassen, an seinem Verstande zu zweifeln. Der Major stellte mich als Zeugen auf, und ich bestätigte, was ich gesehen, und die wunderbare Erscheinung von Unbeweglichkeit der Katzen. Dem Gouverneur war die Sache unbegreiflich, und er versprach, in der nächsten Nacht selbst zu untersuchen. Er ließ allen Wachen andeuten, ehe er in der Nacht mit uns und hundert Mann Voltigeurs ausmarschierte, keine Rücksicht darauf zu nehmen, wenn sie schießen hörten. Als wir dem Gehölz nahten, tönte dasselbe Katzengeschrei, und wir hatten vom Ufer dasselbe eigentümlich-schauerliche Schauspiel: den lebendigen heulenden Felsen im Mondschein über der weiten, unbegrenzten Meeresfläche. Der Gouverneur stutzte, er wollte hin, aber der Major hielt ihn mit ängstlicher Sorge zurück; nun ließ der Gouverneur die hundert Mann von der Landseite den Felsen umgeben und zwei volle Ladungen unter die Hexenmeister geben, aber es wich keiner von der Stelle, wenngleich eine Menge Stimmen unter ihnen zu schweigen begannen. Hierüber verwundert ließ sich der Gouverneur nicht länger halten, er ging nach dem Felsen, und wir folgten ihm; er versuchte, eine der Katzen wegzunehmen, aber sie waren alle wie angewachsen; da entdeckte ich, daß sie alle mit einer oder mehreren Pfoten, manche auch mit dem Schwanz in die fest geschlossenen Austern eingeklemmt waren. Als ich dies angezeigt, mußten die Soldaten heran und sie sämtlich erlegen. Da aber die Flut nahte, zogen wir uns ans Land zurück, und die ganze Katzenversammlung, welche gestern so lebhaft vor der ersten Woge geflohen war, wurde jetzt von der Flut mausetot ans Ufer gespült, worauf wir, den guten Major herzlich mit seinen Hexen auslachend, nach Hause marschierten. Die Sache aber war folgende: Die Katzen, welche die Austern über alles lieben, zogen sie mit den Pfoten aus den Schalen, und das gelang nicht länger, als bis sie von den sich schließenden Muscheln festgeklemmt wurden, wo sie sich dann so lange mit Wehklagen unterhielten, bis die Austern, von der Flut überschwemmt, sich wieder öffneten und ihre Gefangenen entließen; und ich glaube, bei strenger Untersuchung und weniger Phantasie würde unser Freund bei seinem Katzenabenteuer ebenso gut lauter Fischdiebe, wie wir Austerdiebe, entdeckt haben.

### *Baciochis Erzählung vom wilden Jäger*

Nachdem die Aufklärung dieses Ereignisses die Erzählung des Kroaten in ihrer Schauerlichkeit sehr gemildert hatte, kam man auf allerlei Jagdgespenster zu sprechen, und Lindpeindler fragte: ob einer in der Gesellschaft vielleicht je den wilden Jäger gesehen oder gehört habe? Da sagte der Feuerwerker: „Mir kam er schon so nahe, daß ich das Blanke in den Augen sah, und wenn die Jungfer Nanny sich tapfer halten und die ganze ehrsame Gesellschaft wenigstens so lange daran glauben will, bis die Geschichte zu Ende ist, so will ich sie erzählen.“ Nanny erwiderte: „Erzähle nur, Baciochi, du kennst mein Temperament und wirst es nicht zu arg machen.“ – „Erzählen Sie“, fiel Devillier ein; „wenn wir die Geschichte auch am Ende für eine Lüge erklären, so soll Ihnen bis dahin geglaubt werden.“ Und bald waren alle Stimmen vereint, den Feuerwerker einzuladen, welcher alle aufforderte, sich an ihre Plätze zu setzen, und seiner Erzählung einen eigentümlichen theatralischen Charakter zu geben wußte. Alle saßen an Ort und Stelle, er machte eine Pause, steckte sich eine Pfeife Tabak an und schlug mit der Faust so unerwartet heftig auf den Tisch, daß die Lichter verlöschten und alle laut aufschrien.

„Meine Feuerwerke fangen immer mit einem Kanonenschuß an“, sagte er, „erschrecken Sie nicht!“ und in demselben Augenblick brannte er mehrere Sprühkegel an, die er aus Pulver und vergoßnem Weine in der Stille geknetet hatte, und sagte: „Stellen Sie sich vor, Sie wären bei meinem großen Feuerwerke in Venedig, welches ich am Krönungstage Napoleons dort abbrannte. Es mußten mir einige Körner prophetischen Schießpulvers in die Masse gekommen sein; kurz gesagt: als der Thron und die Krone und das große Notabene, NB, Napoleon Bonapartes Namenszug, im vollen Brillantfeuer, von hunderttausend Schwärmern und Raketen umzischt, kaum eine Viertelstunde von einer hohen Generalität und dem verehrten Publikum beklatscht worden waren, fing mein Feuerwerk an, ein wenig zu frösteln; es platzte und zischte manches zu früh und zu spät ab, eine gute Partie einzelner Sonnen und Räder brannten mir in einer Scheune nieder, die dabei das Dach verlor. Das Schauspiel war so grandios angelegt, daß man diesen ganzen kunstlosen Scheunenbrand für seinen Triumph hielt, man klatschte, und ich paukte und trompetete; schnell ließ ich alle meine übrigen Stücke in die Lücken stellen und von neuem losfigurieren. Aber der Satan fuhr mir mit dem Schwanz drüber, und die ganze Pastete flog mit einem großen Geprassel auf einmal in die Luft, die Menschen fuhren gräßlich auseinander, Gerüste brachen ein, alle Einzäunungen wurden niedergerissen, die Menge stürzte nach den Gondeln, die Gondelführer wehrten ab, die

Bürger prügelten sich mit den französischen Soldaten, meine Kasse wurde geplündert; es war eine Verwirrung, als sei der Teufel in die Schweine gefahren und diese stürzten dem Meer zu. Unsereins kennt sein Handwerk, man ist auf dergleichen gefaßt, mein persönlicher Rückzug war gedeckt. Ich ließ nichts zurück als alle meine Schulden, meine Reputation und meinen halben Daumen. Meine selige Frau, welcher der Rock am Leibe brannte, riß mich in die Gondel ihres Bruders, eines Schiffers, und der brachte mich an einen Zufluchtsort, worauf wir am folgenden Morgen die Stadt verließen. Als wir das Gebirg erreichten, nahten wir uns auf Abwegen einer Kapelle, bei welcher ich mit meinem liebsten Gesellen Martino verabredet hatte, wieder zusammenzutreffen, wenn wir durch irgendein Unglück auseinander gesprengt werden sollten. Mein gutes Weib hatte ein Stück von einer Wachsfackel, die bei der Leiche unsers seligen Töchterleins gebrannt hatte, in der Tasche und pflegte, wenn sie nähte, ihren Zwirn damit zu wichsen; aus diesem Wachs hatte sie während unseres Weges die Figur eines Daumens geknetet und hängte dieselbe, nebst einem

Rosenkranz von roten und schwarzen Beeren, den sie auch sehr artig eingefädelt hatte, dem kleinen Jesulein auf dem Schoße der Mutter Gottes in der Kapelle als ein Opfer an das Händchen, und wir beteten beide von Herzen, daß mein Daumen heilen und wir glücklich über die Grenze in das Österreichische kommen möchten. Wir lagen noch auf den Knien, als ich die Stimme Martinos rufen hörte: ›*Sia benedetto il San Marco!*‹; da schrie ich wieder: ›*E la Santissima Vergine Maria!*‹, wie wir verabredet hatten, und lief mit meinem Weibe vor die Kapelle. Da trat uns Martino in einem tollen Aufzug entgegen. Er hatte bei dem Feuerwerk den Meergott Neptun vorgestellt und in seinem vollen Kostüm Reißaus genommen; er hatte den Schilfgürtel noch um den Leib, einen Wams von Seemuscheln an und eine Binsenperücke auf, sein langer Bart war von Seegras, auf der Schulter trug er den Dreizack, auf welchem er ein tüchtiges Bauernbrot und drei fette Schnepfen, die er mitsamt dem Neste erwischte, gespießt hatte. Nach herzlicher Umarmung erzählte er uns: wie ihn seine Kleidung glücklich gerettet habe; die Strickreiter seien ihm auf der Spur gewesen, da habe er sich in das Schilf eines Sumpfes versteckt, und sein Schilfgürtel machte ihn da nicht bemerkbar. Als er stille liegend sie vorüberreiten lassen, hätten sich die drei Schnepfen sorglos neben ihm in ihr Nest niedergelassen, und er habe sie mit der Hand alle drei ergriffen. Das Brot hatte er von einem Contrebandier um einige Pfennige gekauft, der ihm zugleich die nächste Herberge auf der Höhe des Gebirges beschrieben, aber nicht eben allzu vorteilhaft: denn der ganze Wald sei nicht recht geheuer, der wilde Jäger ziehe darin um und pflege grade in dieser Herberge sein Nachtquartier zu halten. ›Wohlauf denn!‹ sagte ich, ›so haben wir heute nacht gute Gesellschaft; ich hätte den Kerl lange gern einmal gesehen, um seinen Jagdzug recht natürlich in einem Feuerwerk darstellen zu können.‹ Mein Weib Marinina aber, welche, um ja nichts zu versäumen, alles miteinander glaubte, machte ein saures Gesicht zu der Herberge. Das konnte aber nichts helfen, wir mußten den Weg wählen; er war ganz entlegen und sicher und ein Schleichweg der Contrebandiers, mit welchen Martino einige Bekanntschaft hatte. Die Nacht brach herein, es nahte ein Gewitter, und wir mußten uns auf den Weg machen. Martino machte unsere Wanderschaft etwas lustiger, er übergab meiner Marinina die Schnepfen und sagte: ›Rupft sie unterwegs, damit wir in der Herberge dem wilden Jäger bald einen Braten vorsetzen können‹, und nun marschierte er mit tausend Späßen in seinem tollen Habit, wie ein vazierender Waldteufel, voraus. Ich folgte ihm auf dem schmalen Waldpfade und hatte meinen halben Daumen, der mich nicht wenig schmerzte, meistens in dem Munde, und hinter mir zog – daß Gott erbarm! – meine selige Marinina und rupfte die Schnepfen unter Singen und Beten. Über der rechten Hüfte war ihr ein ziemliches Loch in den Rock gebrannt, und sie schämte sich, vorauszugehen, daß Martino, der seinen Witz in allen Nestern auszubrüten pflegte, an ihrer Blöße nicht Ärgernis nehmen möchte. Der Weg war steil, unheimlich und beschwerlich; der Sturm sauste durch den Wald, es blitzte in der Ferne, Marinina schlug ein Kreuz über das andre. Aber die Müdigkeit vertrieb ihre Furcht vor dem wilden Jäger immer mehr, von welchem Martino die tollsten Geschichten vorbrachte. ›Es ist gut‹, sagte er, ›daß wir selbst Proviant bei uns haben, denn wenn wir mit ihm essen müßten, dürften wir leicht mit dem Schenkel eines Gehängten oder mit einem immarinierten Pferdekopf bewirtet werden. Fasset Mut, Frau Marinina, schaut mich nur an, ärger kann er nicht aussehen!‹

Unter solchen Gesprächen hatten wir die Gebirgshöhe erstiegen und waren ein ziemlich Stück Wegs in den wilden, finstern Wald geschritten, da hörten wir ein abscheuliches Katzengeheul und kamen bald an eine Hütte, mit Stroh und Reisern gedeckt; alte Lumpen hingen auf dem Zaun, und an einer Stange war ein großes Stachelschwein über der Türe herausgesteckt als Schild. ›Da sind wir‹, sagte Martino; ›wie glaubt ihr, daß dies vornehme Gasthaus heiße?‹ – ›Zum Stachelschwein!‹ sagte ich. – ›Nein!‹ erwiderte Martino, ›es hat mehrere Namen; einige nennen es des Teufels Zahnbürste, andre des Teufels Pelzmütze, andre gar seinen Hosenknopf.‹ Wir lachten über die närrischen Namen. Die Katze saß vor der Türe auf einem zerbrochenen Hühnerkorb, machte einen Buckel gegen uns und ein Paar feurige Augen und hörte nicht auf zu solfeggieren. In dem Hause aber rumpelte es wie in einem Raspelhause und leeren Magen. Nun schlug Martino mit der Faust gegen die Türe und schrie: ›Holla, Frau Susanna, für Geld und gute Worte Einlaß und Herberge; Eure Katze will auch hinein.‹ Da krähte eine Stimme heraus: ›Wer seid ihr Schalksknechte zu nachtschlafender Zeit?‹ Und Martino, der in Reimen wie ein Improvisatore schwatzen konnte, schrie: ›Ich bin ja der Rechte und komme von weit!‹ Nun keifte die Stimme wieder: ›Wenn die Katze nicht draußen wär, ich ließ Euch nimmermehr ein!‹ Und Martino sagte: ›Ihr denket so zärtlich ungefähr wie Euer Schild, das Stachelschwein.‹ Marinina war in tausend Ängsten; sie bat immer den Martino, die alte Wirtin nicht zu schelten, sie sei gewiß eine Hexe und werde uns nichts Gutes antun. Da ging die Tür auf, ein schwarzbraunes, zerlumptes, sonst glattes und hübsches Mägdlein, glänzend und schlank wie ein brauner Aal, leuchtete uns aus der Küche mit einer Kienfackel ins Gesicht und war nicht wenig erschrocken, als Martino in seinem wilden Aufzug ihr rasch entgegenschritt und, indem er drängend sie verhinderte, die

Türe wieder zuzuschlagen, ihr sagte: ›Brauner Schatz, mach uns Platz! Menschen sind wir, schönes Kind, hier: hast zum Zeichen diesen Schmatz!‹ und somit küßte er sie herzlich; wir drangen indessen hinein. Die kleine Braune aber sagte: ›Und wenn du auch nicht der Satan selbst bist, so könnt ihr heute hier doch nicht bleiben; meine Großmutter ist sehr brummig, sie fürchtet, das Waldgespenst komme heut nacht, und da nimmt sie keine Gäste, um die Herberge nicht in bösen Ruf zu bringen; unsre Kammer, wo wir schlafen, ist eng, und sie rückt schon allen Hausrat vor ihr Bett, um das Gespenst nicht zu sehen, welches oft quer durch unsre Hütte zieht.‹ Martino aber erwiderte: ›Eben in dieser Kammer wollen wir schlafen, und eben dieses Waldgespenst wollen wir mit gebratenen Schnepfen bewirten; wir sind des wilden Jägers Küchengesinde!‹ Und somit packte er ein Bund Stroh auf, das in der Ecke lag, und marschierte in die Kammer; wir kamen nach, trotz allen Zeremonien, welche die nußbraune Jungfer machen wollte. Es war gar keine alte Großmutter in der Hütte; das Mädchen log uns etwas vor. Martino breitete das Stroh an die Erde, und Marinina, furchtsam und müde, legte sich gleich, mit dem Gesicht, über das sie noch ihre Schürze deckte, gegen die Wand gekehrt, nieder und rührte sich nicht. Martino begab sich mit den Schnepfen wieder in die Küche, in welcher die braune Jungfer schmollend und brummend zurückgeblieben war, und ich sah mich einstweilen in der Stube um. Eine Kienfackel brannte in der Mitte; sie war in einen Kürbis festgesteckt, der neben schmutzigen Spielkarten auf einem breiten Eichenstumpf lag, welcher als Tisch und Hackstock diente und fest genug stand, denn er steckte noch mit allen seinen Wurzeln in der Erde, welche ungedielt der ganzen Hütte ihren Grund und Boden gab. Ein paar Bretter, auf eingepfählte Stöcke befestigt, waren die unbeweglichen Sitze; die Wände bestanden aus Flechtwerk, mit Lehm und Erde verstrichen, und einzelne hereinragende Äste bildeten mancherlei Wandhaken, an denen zerlöcherte Körbe, Lumpen, Zwiebelbündel, Hasen-, Hunde-, Katzen- und Dachsfelle hingen, auch einige zerbrochene Gartenwerkzeuge. Auf einem derselben aber saß ein greuliches Tier, eine ungeheure Ohreule, welche gegen die

Kienfackel mit den Augen blinzte und sich in die Schultern warf wie ein alter Professor, der soeben den Theriak erfunden hat. In einem ausgebauten Winkel der Stube lag, auf zwei Baumstücken, die Bettstelle der Großmutter, die sehr dauerhaft in einer ausgehöhlten Eiche bestand, an der die Rinde noch saß. Sonst war das Bett wohl bedacht, denn seine schmutzigen Federkissen lagen so hoch aufgebauscht, daß die niedre Hüttendecke, aus der das Stroh herabhing, weder hoch noch hart gefallen wäre, wenn sie einstürzte; aber, sich noch zu besinnen, schien sie unentschlossen hin und her zu schwanken. Der Hausrat, von welchem das Mädchen gelogen hatte: daß die Großmutter ihn vor das Bett rücke, bestand in einer zerbrochenen Türe und einer alten Tonne, mit welcher wahrscheinlich der Lärm gemacht worden war, den wir in der Hütte hörten. Sie waren beide vor den Bettrog der Großmutter gerückt. Außer allem diesen sah man nichts als eine sehr baufällige Leiter, die an einem Loche in der Ecke lehnte, durch welches ich einige Hühner oben gackern hörte, die das Geräusch unsrer Ankunft erweckt hatte, die Katze nicht zu vergessen, welche auf einer alten Trommel hinter der Türe schlief. Eine Geige, ein Triangel und ein Tambourin hingen an der Wand, und neben ihnen ein zerrissener bunter Tiroler Teppich. Ich hatte kaum alle diese Herrlichkeiten betrachtet, als Martino hereintrat und zu mir sagte: ›Meister, ich habe alle Schwierigkeiten geebnet und weiß, wo wir sind. Wir hausen bei einer alten Zigeunerin, welche außer ihren Privatgeschäften: der Wahrsagerei, Hexerei, Dieberei, Viehdoktorei, auch eine Hehlerin der Contrebandiers macht; die Kleine draußen ist ihr Tochterkind, das auf der hohen Schule bei ihr ist und der Großmutter Tod abwarten soll, um hinter einen Topf von Gold zu kommen, von dem sie immer spricht, ohne doch je zu sagen, wo sie ihn hin versteckt hat. Das hat mir das Mädchen alles anvertraut; ich habe ihr Herzchen gerührt, sie ist kirre wie ein Zeisig, und wenn wir wollen, läßt sie die Großmutter und den Goldtopf im Stich, läuft morgen mit uns und verdient uns das Brot mit Burzelbäumen, deren sie ganz wunderbare schlagen kann. Für all dies Vertrauen habe ich ihr versprechen müssen, zu glauben: daß der wilde Jäger heute nacht wirklich durch die

Hütte zieht; wir sollen uns nur um Gottes willen ruhig halten. Die Großmutter wird in kurzer Zeit zurückkommen; sie ist mit Lebensmitteln zu einem Zug Schleichhändler gegangen, der über das Gebirge zieht. Der wilde Jäger, sagt sie, treibe um Mitternacht durch die Stube, und wenn wir uns ruhig hielten, werde er uns kein Haar krümmen, sonst aber riskieren wir Leib und Leben; ich denke aber, wir wollen es mit ihm versuchen.‹ Nun legte er meinen Prügel und seinen Dreizack neben uns auf das Stroh nieder und fuhr fort: ›Es ist beinahe eilf Uhr, die Kleine hat es an ihrer Sanduhr gesehen; die Schnepfen weiß sie nicht am Spieß zu braten, sie hat sie mit Zwiebeln gefüllt in einen Topf gesteckt, und wenn wir die Schnepfensuppe gegessen, sollen wir das Fleisch mit Essig und Olivenöl als Salat verzehren; Wein muß hier in der Kammer ein Schlauch voll sein.‹ Da suchte Martino herum und fand unter einigen alten Brettern ein tiefes Loch in der Erde, das, als Keller, einen alten Dudelsack voll Wein enthielt. Er zog ihn heraus, wir setzten die zwei Pfeifen an den Mund und drückten den vollen Sack so zärtlich an das Herz, daß uns der süße Wein in die Kehle stieg.

Nie hat ein Dudelsack so liebliche Musik gemacht. Wir labten uns herzlich; ich weckte meine Marinina, und sie mußte auch eins drauf spielen; dazu verzehrten wir unser Brot und einige Zwiebeln aus dem Vorrat, der an der Wand hing, und streckten uns, in der Erwartung des weiteren, zur Ruhe auf das Stroh. Marinina schlief fest ein. Ich betete mit Martino noch eine Litanei; dann legten wir uns neben unsere Waffen bequem, und Martino sagte: ›Laßt uns nun ruhen; mir ist so rund und so wohl, daß mir das Blut in den Adern flimmert; wer den wilden Jäger zuerst sieht, stößt den andern, dann springen wir mit unseren Tröstern über ihn her und schlagen den Kerl zu Brei; ich habe noch einen Schwärmer in der Tasche, den will ich dem Schelm unter die Nase brennen.‹ Ich freute mich an seinem frischen Herzen; wir empfahlen uns dem Schutz des heiligen Markus und lauschten dem Schlafe entgegen, der uns den Rücken hinaufkroch und uns schon hinter den Ohren krabbelte. Nun ward alles mäuschenstill; der Donner rollte fern, der Sturm hatte sich in den Waldwipfeln schlafen gelegt, die ihn mit leisem Rauschen einwiegten. Die Kienfackel knisterte, Grillen sangen, die Katze schnurrte auf der Trommel, welche, von dem Tone erschüttert, das ferne Donnern zu begleiten schien; Marinina pfiff durch die Nase, denn sie hatte sich einen Schnupfen geholt, in der Küche knackte das grüne Holz im Feuer, die Schnepfensuppe sauste im Topf, und unsere braune Köchin sang mit einer klaren und starken Stimme, wie ich noch keine Primadonna gehört, folgendes Lied:

Mitidika! Mitidika!
Wien üng quatsch,
Ba nu, Ba nu n'am tsche fatsch,
Waja, Waja, Kur libu,
Ich bin ich und du bist du;
*Ich* spricht Stolz,
*Du* spricht Lieb!
Wer sich scheut vor Galgenholz,
Wird im grünen Wald zum Dieb.

Mitidika! Mitidika!
Wien üng quatsch,

Ba nu, Ba nu n'am tsche fatsch,
Singt die Magd, so kocht der Brei,
Singt das Huhn, so legts ein Ei;
*Er* spricht Schimpf,
*Sie* spricht Fremd;
Fehlen mir gleich Schuh und Strümpf,
Hab ich doch ein buntes Hemd.

Mitidika! Mitidika!
Wien üng quatsch,
Ba nu, Ba nu n'am tsche fatsch,
Hör, was pocht dort an der Tür?
Draußen schrein sie nach Quartier.
Ists der *Er*?
Ists der *Sie?*
Mach ich auf wohl nimmermehr,
Nur *du* Lieber, *du* schläfst hie.

Mitidika! Mitidika!
Wien üng quatsch,
Ba nu, Ba nu n'am tsche fatsch,

Waja, Waja, Kur libu,
In dem Topf hats nimmer Ruh;
Saus und Braus
'rab und 'rauf,
Küchenteufel drinnen haus:
Daß es mir nicht überlauf!“

Als der Feuerwerker den Anfang dieses Liedes: „Mitidika! Mitidika!“ gesagt, nahm der Zigeuner Michaly seine Violine und sang es unter den lieblichsten Variationen der Gesellschaft vor; alle dankten ihm, der Feuerwerker aber sagte: „Michaly, du sangst das nämliche Lied, wie die kleine Braune, und hast eine Ähnlichkeit mit ihr in der Stimme.“ – „Kann sein“, sagte Michaly lächelnd, „aber erzähl nur weiter, ich bin auf den wilden Jäger sehr begierig.“ – „Ich hob a a Schneid uf den soakrische Schlankl!“ sagte der Tiroler; alle drangen auf die weitere Erzählung, und der Feuerwerker fuhr fort:

„Als die Kleine das Lied sang, ward sie von einem Schlag gegen die Türe unterbrochen: ›Mitidika!‹ rief es draußen mit einer rauhen, heiseren Stimme. ›Gleich, Großmutter!‹

antwortete sie, öffnete die Türe und erzählte ihr von den Gästen; die Großmutter brummte allerlei, was ich nicht verstand, und trat sodann zu uns in die Stube. Ihr Schatten sah aus wie der Teufel, der sich über die Leiden der Verdammten bucklicht gelacht, und wäre er nicht vor ihr her in die Stube gefallen, um einen ein wenig vorzubereiten, ich hätte geglaubt, der Alp komme, mich zu würgen, als sie eintrat. Sie war von oben und rings herum eine Borste, ein Pelz und eine Quaste und sah darin aus wie der Oberpriester der Stachelschweine. Sie ging nicht, lief nicht, hüpfte nicht, kroch nicht, schwebte nicht, sie rutschte, als hätte sie Rollen unter den Beinen wie großer Herren Studierstühle. Wie die kleine flinke Braune hinter ihr drein und um sie her schlüpfte, um sie zu bedienen, dachte ich: so mag des Erzfeinds Großmutter aussehen und die Schlange, ihre Kammerjungfer. ›Mache mir das Bett, Mitidika!‹ sagte sie, ›und wenn ich ruhe, kannst du die Gäste besorgen.‹ Während das Mädchen die Kissen aufschüttelte, begann die Alte sich zu entkleiden, und ich weiß nicht zu sagen, ob ihre Kleidung oder ihr Bett aus mehreren Stücken bestand. Sie zog einen Schreckenswams, eine Schauderjacke und Zauberkapuze um die andre aus, und die ganze Wand, an der sie die Schalen aufhängte, ward eine Art Zeughaus; ich dachte alle Augenblick: noch eine Hülse herunter, so liegt ein bißchen Lung und Leber an der Erde, das frißt die Katze auf, und die Großmutter ist all; keine Zwiebel häutet sich so oft. Bei jedem Kissen, welches die Kleine ins Bett legte und aufschüttelte, brummte die Alte und legte es anders, befahl ihr dann, es ganz sein zu lassen und ihr ein Rauchbad zu geben, sie müsse in einen Ameisenhaufen getreten haben; das Gewitter mache alles Vieh lebendig. Da setzte sich die Alte auf die zerbrochene Leiter und hängte die Tiroler Decke über sich, und die junge zündete Kräuter unter ihr an und machte einen scheußlichen Qualm, den sie uns, da sie von neuem anfing, die Federbetten hin und her zu werfen, in dicken Wolken auf den Leib jagte, als gehörten wir auch zu den Ameisen, die vertrieben werden sollten. Es sah ziemlich aus, als wenn man eine Hexe verbrennte oder einen ungeheuren Taschenkrebs räuchre, als die Alte so über dem

Dampf wie eine Mumie, in den bunten Tiroler Teppich gehüllt, auf der Leiter saß."

„Da sieht man, Wastl", sprach der Zigeuner zu dem Tiroler, „wozu ihr die Teppiche fabriziert: um die Hexen darin zu räuchern." – „Potz Schlakri", erwiderte Wastl, „wonn's daine sakrische ziganerische Großmuetta is, so loß i's poassiera; i bin gawis, es möga a Legion Spodifankerl aus ihr raussi floga sein, un du bist a ains dervo." Die Gesellschaft lachte über Wastls Antwort, und die Kammerjungfer wie auch Lindpeindler baten den Feuerwerker: er möge machen, daß die Alte ins Bett komme, die Schnepfen könnten übergar werden. „Ganz recht", sagte Baciochi, „das meinte Martino auch; denn als der sie in der Decke zappeln sah wie Hunde und Katzen, die in einen Sack gesteckt sind, und der Rauch zu dick zu werden begann, sprang er vom Stroh auf, trat vor die Alte hin und sagte: ›Hochverehrte Frau Wirtin, ich versichere Euch im Namen Eurer Gäste, daß wir kein Rauchfleisch zu essen bestellt haben, und daß wir auch von keinem verpesteten Orte kommen, um eines so kostbaren Rauchkerzchens zu bedürfen; seid so gütig, dem Wohlgeruch ein Ende zu machen, wir müssen sonst mit all den Ameisen, die Euch plagen, davonlaufen.‹ Da fing die Alte eine weitläufige Gegenrede an und sagte: ›Schicksalen und Verhältnissen haben mich so weit gebracht.‹ Martino aber nahm keine Vernunft an, packte die Alte mit beiden Händen und warf sie von der Leiter in ihre Federbetten; sie zappelte wie eine Meerspinne, aber er wälzte ein Federbett über sie und sang ihr ein Wiegenlied mit so viel gutem Humor vor, indem er sie mit beiden Händen festhielt, daß sie endlich selbst mit lachte und sagte: ›Nun, legt Euch nur wieder nieder, hätte ich doch nicht gedacht, heute von einem so lustigen Gesellen zu Bette gebracht zu werden. Mitidika, gib den Kavalieren zu essen!‹ Und somit kriegte sie den Martino beim Kopf und gab ihm unter großem Gelächter einen Kuß. ›Profiziat!‹ sprach dieser, ›schlaf wohl, du allerschönster Schatz!‹ und legte sich mit einem sauern Gesichte wieder neben mich. ›Gott sei Dank, Martino, daß sie weg ist!‹ flüsterte ich. ›Hast du gewacht, Meister?‹ sprach der Schelm. ›Leider Gottes!‹ erwiderte ich, ›du hast ein Kunststück gemacht; sie rauchte wie ein nasses

Feuerwerk; für einen Hutmacher wäre sie ein sauberes Gestell, alle seine Mützen daran aufzuhängen, er brauchte keinen Nagel einzuschlagen.‹ – ›Ich werde mich wohl häuten müssen, da sie mich geküßt hat‹, sagte Martino. ›Warum?‹ fragte ich. ›Ei‹, entgegnete er, ›ich werde sonst die Augen nie wieder zukriegen können und die Zähne immer blecken wie ein Mops; die Haut ist mir vor Schrecken zu kurz geworden.‹ – Unter diesen Scherzreden hörten wir die Alte einschnarchen, und Mitidika ging ab und zu und verbaute leise das Bett der Alten mit der Tonne und der alten Türe, die Küchentüre ließ sie auf, daß der Dampf hinauszog. Dann zupfte sie den Martino bei den Haaren und flüsterte. ›Komm hinaus, deine Schnepfen sind gar, ich habe die Brühe abgegossen, ich muß das Feuer löschen, die zwölfte Stunde naht; denn fährt der wilde Jäger mir durch das Feuer, steckt er uns die ganze Hütte an.‹ Martino ging hinaus, und ich streckte den Kopf nach der Türe und hörte ihre Scherzreden. Mitidika sagte: ›Ich habe dir deine Vögel trefflich gekocht und dir auch Kräuter an die Suppe getan; was gibst du mir nun?‹ – ›Geben?‹ sagte Martino, ›ich will dich mit der

Münze bezahlen, welche hier zu gelten scheint, und in der mich deine Großmutter zahlte; einen Kuß will ich dir geben.‹ – ›Das läßt sich hören‹, erwiderte sie; ›aber die Großmutter gab dir ein altes Schaustück, das kann ich nicht brauchen, die Münze ist verschlagen.‹ – ›Auch du bist verschlagen, Schelm!‹ erwiderte Martino, ›ich will dir kleine Münze geben, wenn du herausgeben und wechseln kannst; wärst du nur nicht so schwarz!‹ – ›Und du nicht so weiß‹, sagte sie; ›ich werde dir einen Schein geben, einen Wechsel schwarz auf weiß, aber gib mir keine Scheidemünze!‹ sagte sie. ›Die kriegst du morgen früh beim Abschied‹, erwiderte Martino, faßte sie beim Kopf, küßte sie herzlich und sagte: ›Ich habe dich lieb und bleibe dir treu.‹ – ›Ei so lüge, daß du schwarz wirst!‹ sprach sie. ›Dann wäre ich deinesgleichen, und es könnte etwas daraus werden‹, sprach Martino und schenkte ihr eine Nadelbüchse von Elfenbein und Ebenholz, die er bei sich trug. Das Mädchen dankte und sprach: ›Sieh, wie artig schwarz und weiß zusammen aussehn; bleib bei uns; wenn die Alte stirbt, finden wir den Goldtopf und contrebandieren.‹ – ›Ja, auf die Galeere!‹

sprach Martino. ›Ich gehe mit auf die Galeere!‹ sagte sie; ›pitsch, patsch! geht das Ruder, und ich singe dir dazu.‹ – ›Das wollen wir überlegen‹, meinte Martino, ›es ist eine zu glänzende Aussicht um Mitternacht.‹ Da traten sie mit der Suppe und den Schnepfen herein und stellten sie auf den Eichenblock; die Suppe tranken wir aus dem Topf, ich wollte meine Marinina nicht wecken und ließ ihr Teil in die warme Asche setzen, die Vögel wollten wir morgen früh verzehren. Nun begann sich der Sturm in dem Walde wieder zu heben, und das Gewitter zog mit Macht heran. ›Ach Gott‹, sagte Mitidika, ›lege dich nieder, Martino, und schlafe ein! Hörst du das Wetter? Der Jäger bläst sein Horn, er wird gewiß bald kommen; lege dich nieder, gleich, gleich!‹ Dabei sah sie ängstlich in der Stube umher. ›Nun, nun, was fehlt dir?‹ fragte Martino, und sie sagte: ›Schlafen sollst du und das Angesicht von mir kehren, denn ich muß mich entkleiden und schlafen gehn, und das sollst du nicht sehen; ach, dreh dich um, Blanker!‹ – ›Bravo!‹ sagte Martino; ›es freut mich, daß du so auf Zucht hältst, putze nur den Kien aus, bei der Nacht sind alle

Kühe schwarz, selbst die schwatzen‹ – ›Ja‹, sagte sie, ›auch die blanken Esel! Dreh dich um, ich bitte dich, ich will den Kien schon löschen, wenn es Zeit ist.‹ Da drehte sich der ehrliche Martino um. ›Gute Nacht, Mitidika!‹ sagte er. – ›Gute Nacht, Martino!‹ sprach sie. Nun breitete sie sich eine bunte wollene Decke an die Erde aus neben dem Eichenblock, stellte einen halben Kürbis voll Wasser darauf, holte einen kleinen, zierlichen Kasten gar heimlich unter der Trommel hervor und setzte ihn neben sich auf die Bank, wobei sie sich ängstlich nach uns umsah. Ich blinzte durch die Augen und schnarchte, als läge ich im tiefsten Schlaf. Mitidika traute und schloß das Kästchen leise auf, musterte alle die Herrlichkeiten, die darin waren, und suchte sich einen Raum aus, die Nadelbüchse des Martino bequem hineinzulegen. Ihr könnt euch meine Verwunderung nicht denken, als ich, in dieser wüsten Zigeunerherberge, die Kleine auf einmal in einem so zierlichen und reichgefüllten Schmuckkästchen kramen sah. Es sah nicht ganz so aus, als sei ein Affe hinter die Toilette seiner Herrschaft geraten, auch nicht, als richte der Satan einen Juwelenkasten ein, um einem unschuldigen Mädchen die Augen zu blenden; aber eine indianische Prinzessin, welche die Geschenke eines englischen Gouverneurs mustert, mag wohl so aussehn. Als sie so die Perlen- und Korallenschnüre, die brillantenen Ohrringe und die Zitternadeln durch die schwarzen Hände laufen ließ, konnte ich vor Augenlust gar nicht denken, daß dies gestohlnes Gut sein müsse. Nun stellte sie mehrere Kristallfläschchen mit Wohlgerüchen und Salben aus dem Kästchen auf den Block, zog feine Kämme und Zahnbürsten hervor und begann sich zu putzen und zu schmücken, wie die Nacht, die mit dem Monde Hochzeit machen will. Sie nahm die kleine, von buntem Stroh geflochtene Mütze von ihrem Kopf, und ein Strom von schwarzen Haaren stürzte ihr über die Schultern; sie gewann dadurch ein reizendes und wildes Ansehn, wenn ihre weißen Augäpfel und die blanken Zähne aus den schwarzen Mähnen hervorfunkelten. Sie kämmte sich, schlängelte sich goldene Schnüre in die Zöpfe, die sie flocht und kunstreich wie eine Krone um das schöne runde Köpfchen legte. Sie wusch sich das Gesicht und die Hände, putzte die Zähne, beschnitt sich die

Nägel und tat alles mit so unbegreiflicher Zierlichkeit, Anmut und hinreißender Schnelligkeit der Bewegungen, daß es mir vor den Augen zitterte und bebte. Als sie die brillantenen Ohrringe in die kleinen schwarzen Muschelöhrchen befestigte und die glitzernden Zitternadeln in den Flechtenkranz steckte und die Korallen- und Bernsteinschnüre um das braune Hälschen legte und dabei hin und her zuckte wie ein Wunderwerkchen, gingen mir die Augen über. Sie begoß sich mit Wohlgerüchen, rieb sich die schwarzen Patschchen mit duftendem Öl und steckte sich ein blitzendes Ringlein um das andere an die schlanken Fingerchen. Nun stellte sie einen Spiegel auf und bleckte die Zähnchen so artig hinein, es ist nicht zu beschreiben. Und bei allem dem donnerte und blitzte es draußen, und ihre Eile ward immer größer; ich verstehe mich auf Lichtwirkungen in der Nacht, aber ich habe mein Lebtag kein solches Feuerwerk gesehen, kein Blitzen auf so schönem dunkeln Grund als das Spiel der Diamanten und Perlen auf ihr; denn sie war ein wunderschönes, frei, kühn, scheu und züchtig bewegtes Menschenbild. Flüchtig packte sie nun alle Geräte wieder in das Kästchen, steckte noch eine Handvoll weißes Zuckerwerk in das Mäulchen und knupperte wie eine Maus, während sie das Kästchen mit scheuen Blicken um sich her: ob wir auch schliefen, wieder unter die alte Trommel stellte. Die schwarze Katze, die auf derselben schlief, erhob sich dabei und machte einen hohen Buckel, als verwundere sie sich über sie, da sie ihr mit den funkelnden Händen über den Rücken strich. Nun brachte sie ein feines Hemd von weißer Seide, legte es über den Arm und fing an, ihr Mieder aufzuschnüren, wobei sie uns den Rücken kehrte; es sah aus, als werfe sie Kußhändchen aus, wenn sie die Nestel zog; nun aber schlüpfte sie in die Küche und trat in wenigen Minuten wieder herein in einem schneeweißen Röckchen und einem Mieder von rotem venetianischen Samt. So stand sie mitten auf der Decke und betrachtete ihren Staat mit kindischem Wohlgefallen; der Donner rollte heftiger, Martino wachte auf, Mitidika faßte den Teppich mit beiden Händen über die Schultern, stieß mit dem Fuß die Kienfackel aus, wickelte sich schnell ein wie eine Schmetterlingslarve, ein heller Blitz erleuchtete die Kammer, sie schoß wie eine Schlange an die Erde nieder und krümmte sich zusammen. Martino hatte sie im Leuchten des Blitzes noch gesehen, aber er wußte nicht, was es war; er sprach: ›Meister, saht Ihr etwas?‹ Ich war aber so erstaunt, daß ich stumm blieb; da sprach er: ›Mitidika, schläfst du?‹, aber sie schwieg; Martino drehte sich um und schlief auch wieder. Meine Gedanken über das, was ich gesehen, ließen mich nicht ruhen, der wunderbare Schmuck in dem Besitz der kleinen braunen Bettlerin, und daß sie ihn jetzt so sorgsam und heimlich angelegt, befremdete mich ungemein; alles kam mir wie Zauberei vor. Sie erwartet ein Waldgespenst und schmückt sich wie eine Braut. War dies gestohlnes Gut? Ist sie eine verkleidete, versteckte Prinzessin? Warum geht sie in dieser Pracht schlafen, und warum wickelt sie sich mit all der Herrlichkeit in den alten Teppich ein? Sollte alles dies geheim sein, wie war es möglich, da wir sie morgen früh doch in ihrem Putz finden mußten? So lag ich nachsinnend; das Gewitter war in vollem Grimme über uns, und das Licht der zuckenden Blitze zeigte mir öfters das Bild der Mitidika, welche, wie eine Mumie in den Teppich gehüllt, an der Erde ausgestreckt lag. Als ich aber durch das wilde Wetter ein Horn schallen hörte, stieß ich Martino an und flüsterte ihm zu: ›Halte dich bereit, ich glaube, der wilde Jäger ist im Anzug.‹ Wir hörten das Horn nochmals und Pferdegetrapp und Gewieher, und ich bemerkte, daß Mitidika aufstand; ich kroch aber quer vor die offene Küchentüre, und als sie mit dem Fuße an mich anstieß, glaubte sie umgegangen zu sein und wendete sich nach einer andern Seite. Martino stand auf, die Haustüre öffnete sich, und es trat eine Gestalt mit raschem Schritt durch die Küche auf uns zu; ich faßte sie bei den Beinen, daß sie niederschlug, und Martino drosch so gewaltig auf ihn los, daß der wilde Jäger Zetermordio zu schreien begann. ›Mitidika, Hülfe, Hülfe! man mordet mich!‹ schrie er. – ›Ha ha! Herr wilder Jäger‹, schrie nun Martino, ›wir haben dich!‹ und so zerrten wir ihn in die Stube herein und machten die Türe zu. Der Lärm ward allgemein; der Kerl wehrte sich verzweifelt. Meine Marinina erwachte und schrie: ›Jesus, Maria, Joseph! Licht her, Licht her! was ist das, o Baciochi, Martino!‹ Die Alte fuhr aus ihren Betten auf, warf die alten Bretter um, die vor ihr standen, und schrie: ›Mörder, Hülfe, Mitidika!‹ Dabei wurden die Hühner auf dem Boden rebellisch, die Trommel kollerte brummend durch die Stube; Mitidika allein ließ sich nicht hören. ›Martino, schlage Feuer!‹ rief ich und drückte meinen fremden Gast fest in die Gurgel, daß er sich nicht rühren konnte. Da stieß Martino einen Schwärmer in die glühende Asche des Herds, der leuchtend durch die Kammer zischte und dem ganzen Spektakel ein noch tolleres Ansehen gab. Mein Gefangener fing von neuem an zu ringen, und indem ich ihn gegen die Wand drückte, trat ich gegen einige Bretter, die auswichen – ich warf ihn nieder. Ein großer Bock, der hinter den Brettern geruht hatte, sprang auf und fing nicht schlecht an zu stoßen, und ich warf meinen wilden Jäger so kräftig zur Erde, daß er keinen Laut mehr von sich gab. Martino brachte nun eine brennende Kienfackel herein, und wir sahen die ganze Verwirrung. Der wilde Jäger war ein schöner, schlanker Kerl in galanter Jagduniform. Er rührte sich nicht; der Gedanke, daß ich ihn gar totgedrückt hätte, fuhr mir unheimlich durch die Glieder, ich stürzte zur

Küche nach Wasser; Martino faßte die Alte, die fluchend und schreiend aus dem Bett gesprungen war, und warf sie wieder in die Federn mit den Worten: ›Schweig still, Drache! Wir wollen dir kein Haar krümmen; wir haben nur den wilden Jäger abgefangen.‹ Nun trat ich mit einem Eimer Wasser hinein und goß ihn pratsch! über den leblosen wilden Jäger; da sprang er wie eine nasse Katze in die Höhe –."

„Das Wasser, das kalte Wasser", schrie hier Devillier aufspringend, „war das Allerfatalste!" und die ganze Gesellschaft sah ihn verwundert an. „Nun, was schauen Sie", fuhr er fort, „soll ich länger schweigen? Habe ich nicht schrecklich ausgehalten und mich hier in der Erzählung nochmals mißhandeln lassen?" Baciochi wußte nicht, was er vor Erstaunen sagen sollte über Devilliers Unterbrechung; dieser aber sprach heiter: „Ja, Herr Baciochi, ich war der wilde Jäger, mich habt Ihr so kräftig zugedeckt, ich habe es von Anfang der Geschichte gewußt und hätte gern geschwiegen, aber das kalte Wasser lief mir wieder erweckend über den Rücken." Da ward die ganze Gesellschaft vergnügt, der

Feuerwerker reichte Devillier die Hand, und dieser sagte: „Es freut mich, Euch wiederzusehen; alles ist längst vergessen, nur Mitidika nicht!“ – „Das will ich hoffen“, meinte der Zigeuner ernsthaft, „ich bitte mir das Ende der Geschichte aus.“ Da tranken alle lustig herum, und Devillier trank die Gesundheit der Mitidika, wozu Michaly einen Tusch geigte und Lindpeindler das hochpoetische freie Leben der Zigeuner pries; der Vizegespan meinte jedoch: sie hätten nicht die reinsten Hände. Die Kammerjungfer aber fragte: „Wo hat sie nur den Schmuck hergehabt?“ Der Tiroler sagte: „Den wilda Jaaga hobt's maisterli zuagdeckt!“ und alle drangen, Devillier möge weiter erzählen.

„Wohlan!“ sagte dieser: „Ich hatte damals Geschäfte mit der Contrebande und manche andere politische Berührungen diesseits und jenseits auf der Grenze. Ich dirigierte den ganzen Schleichhandel und forschte auf höhere Veranlassung dem Orden der Carbonari nach. Auf meinen Streifereien hatte ich Mitidika kennengelernt und mich leidenschaftlich in dies schöne, unschuldige und geistvolle wilde Naturkind verliebt. In bestimmten Nächten besuchte ich sie; der Schmuck, den Ihr, Baciochi, sie anlegen sahet, war ein Geschenk von mir. Sie hatte den Glauben der Alten an den wilden Jäger benutzt, um sich unentdeckt einige Stunden von mir unterhalten zu lassen. Wenn ich kommen sollte, schmückte sie sich immer wie eine Zauberin; ich setzte sie dann mit auf mein Pferd und brachte sie nach einer Höhle, eine Viertelstunde von ihrer Hütte, welche das Warenlager meines Schleichhandels war; da saß sie in einem mit dem feinsten englischen bunten Kattun ausgeschlagenen Raum mit mir und ergötzte mich und einen verstorbenen Freund mit Tanz, Gesang und freundlicher Rede. Gegen Morgen ging sie zurück, einen Bündel Holz in die Küche tragend, und wurde von der Großmutter wegen ihrem Fleiß gelobt. Ich liebte sie unaussprechlich um ihrer Tugend und Schönheit, und ihr ganzes Wesen war so wunderbar und bei allem Mutwillen und aller kindlichen Ergebenheit so gebieterisch, daß ich nie daran denken konnte, ihre Unschuld auch nur mit einem Gedanken zu verletzen. O, sie war gar nicht mehr wie ein Mensch, sie war wie eine Zauberin, wie ein

Berggeist, wenn sie in dem Edelsteinschmuck vor uns tanzte, sang, lachte und weinte; ich kann sie nie vergessen. In der Nacht, wo Ihr und Martino mich so häßlich zerprügeltet, ging die ganze Herrlichkeit zu Ende. Anfangs hielt ich meine Angreifer für italienische Gendarmen, die mir auf die Spur kamen; als wir uns aber erklärt hatten, nahm mir die Entdeckung vom Gegenteil allen Zorn hinweg, und unsere erste Sorge war: wo Mitidika hingekommen sei. Die alte Zigeunerin jammerte auch nach ihr, wir suchten alle Winkel aus und fanden sie nicht, bis die Alte die Leiter vermißte. Baciochi sagte: zur Türe könne sie nicht hinausgekommen sein, er habe davorgelegen; da machte uns der Regen, der durch das Loch in der Decke hereinströmte, aufmerksam; Martino kletterte auf den Schultern Baciochis hinan und fand die Leiter, aber Mitidika, welche die Leiter nach sich gezogen, war durch das Strohdach hinaus geklettert und nirgends zu finden. Ich eilte nach der Türe und vermißte mein Pferd; nun war ich gewiß, daß sie nach meinem Schlupfwinkel entflohen sein müsse, und war ruhig. Ich durfte diesen weder an Baciochi noch an die

Zigeunerin, die nichts von meinem Verhältnisse mit Mitidika wußte, verraten und suchte deshalb noch lange mit. Das Wetter war aber so abscheulich, daß wir bald wieder zurückkehrten, und die Alte jammerte nicht mehr lange; da hörten wir Hufschlag, und Mitidika stürzte in ihrem ganzen Schmuck mit wilder Gebärde in die Stube auf mich zu: ›Geschwind, fort, geflohen!‹ schrie sie, ›die italienischen Gendarmen streifen in der Nähe, Euren Freund haben sie mit einem ganzen Zug Schleichhändler gefangen; es ist ein Glück, daß hier der Spektakel losging, ich bin aus Angst durch das Dach geschlüpft, dadurch habe ich die nahe Gefahr entdeckt; geschwind fort!‹ – ›Wohin?‹ schrie ich, und Baciochi, Martino und Marinina, die sich auch vor der Entdeckung fürchteten, folgten alle mit mir der treibenden Mitidika zur Türe hinaus. Sie schwang sich auf mein Pferd, ich hinter sie, und so sprengten wir beide nach unserem Schlupfwinkel, unbekümmert um Euch, Herr Baciochi, und die Eurigen."

„Ja", sagte der Feuerwerker, „Ihr rittet nicht schlecht, und wir hatten in dem wilden Wetter übles Nachsehen; übrigens war es

Euch nicht zu verargen, daß Ihr uns nicht eingeladen, mitzugehen; wir hatten Euch schlecht bewillkommt. Ich will mein Lebtag an den Mordweg denken. Meine Marinina ward krank und starb zwei Monate nachher in Kroatien; Gott habe sie selig! Martino ließ sich bei der österreichischen Artillerie anwerben und war neulich mit in Neapel, wenn er noch lebt. Ich fand mein Brot – Gott sei gelobt! – bei unserm gnädigen Herrn. Es freut mich, daß Ihr so gut davongekommen; aber was ist denn aus der braunen Mitidika geworden?"

„Ja, wer das wüßte!" sagte Devillier; „wir kamen vor der Höhle an und zogen das Pferd herein. Sie war voll Sorge um mich, wusch mir meine Kopfwunden und Beulen mit Wein und bewies mir unendliche Liebe. So brachten wir die Nacht in steter Angst und Sorge zu. Gegen Morgen hatte sie keine Ruhe mehr, sie verlangte nach der alten Mutter; sie beschwor mich, sogleich die Höhle zu verlassen und zu fliehen. Das Schicksal meines Freundes erschütterte mich tief, ich war entschlossen, ihn aufzusuchen. Sie schwur mir ewige Treue; ich versprach ihr, wenn ich sie nach einiger Zeit hier wieder fände, sie zu meiner

Frau zu machen; sie lachte und meinte: sie wolle nie einen Mann, der kein Zigeuner sei, und nun auch keinen Zigeuner, sie wolle gar keinen Mann. Dabei scherzte und weinte sie, tanzte und sang noch einmal vor mir, und als ich sie umarmen wollte, schlug sie mich ins Gesicht und floh zur Höhle hinaus. Ich verließ den Ort gegen Abend. Als ich vom Tode meines Freundes gehört hatte und zu Mitidika zurückkehrte, war ihre Hütte abgebrannt; ich ging nach der Höhle, sie war ausgeplündert. Auf der Wand aber fand ich mit Kohle geschrieben: ›Wie gewonnen, so zerronnen! Ich behalte dich lieb, tue, was du kannst, ich will tun, was ich muß.‹ Ich habe das holdselige Geschöpf durch ganz Ungarn aufgesucht, aber leider nicht wiedergefunden; hundert Mitidikas sind mir vorgestellt worden, aber keine war die rechte."

„Es gibt auch nur *eine*", sagte hier Michaly, „und wird alle tausend Jahre nur *eine* geboren." – „Kennt Ihr sie?" sprach Devillier heftig. „Was geht es Euch an", erwiderte Michaly, „ob ich sie kenne? Habt Ihr nicht die Ehe ihr versprochen und doch eine Ungarin geheiratet? Sie hat Euch Treue gehalten bis jetzt, sie ist meine Schwester, und ich wollte sie abholen, da die Großmutter in Siebenbürgen gestorben, wo sie sich mit Goldwaschen ernährten; der Pestkordon hat mir aber den Weg abgeschnitten." Da ward Devillier äußerst bewegt; er sagte: „Ich habe sie lange gesucht und nicht gefunden, sie hatte mir ausdrücklich gesagt, sie werde nie einem Blanken die Hand reichen und nun auch keinem Zigeuner; nur in der Hoffnung, sie wiederzusehen, blieb ich bis jetzt in Ungarn, und ich würde nicht die Mittel gehabt haben, hier zu bleiben, wenn ich die alte Dame nicht geheiratet hätte, die mir jetzt mein schönes Gütchen zurückgelassen. Könnt Ihr mich mit Mitidika wieder zusammenbringen, so will ich sie gern heiraten und ihr alles lassen, was ich habe." – „Das ist ein nicht zu verachtender Vorschlag, Michaly", sagte der Vizegespan, „schlagt das nicht so in den Wind, Ihr habt Zeugen!" Michaly aber lachte und sprach: „Mitidika wird nicht an dem Stückchen Erde kleben, sie wird nicht in einem gemauerten Hause gefangen sein wollen und sich um Abgaben und Zinsen zerquälen. Wer nichts hat, hat alles; es war immer ihr Sprüchwort: ›Der Himmel ist mein

Hut; die Erde ist mein Schuh; das heilige Kreuz ist mein Schwert; wer mich sieht, hat mich lieb und wert.‹“ – „Das ist echt zigeunerisch gesprochen“, sagte der Vizegespan, „drum bleibt ihr auch immer vogelfreies Gesindel.“ Michaly nahm da seine Geige und wollte ein Lied auf die Freiheit singen, aber der Nachtwächter blies zwölf Uhr und mahnte die Gesellschaft zur Ruhe. Lindpeindler hatte sich mit dem Feuerwerker und der Kammerjungfer, welche durch die erwachte Neigung Devilliers für Mitidika sehr gekränkt worden war (denn sie spitzte sich selbst auf ihn), noch eine Viertelstunde nach dem Edelhof begeben. Als sie sich der Gesellschaft empfahlen, bot Devillier der Zofe seine Begleitung an; sie sagte aber: „Ich danke, ich möchte das werte Andenken an die unbeschreibliche Mitidika nicht stören.“ Damit machte sie einen höhnischen Knicks und verließ die Stube mit Lindpeindler, der diese Nacht als eine der romantischsten seines Lebens pries.

Der Kroate, der Tiroler und der Savoyarde waren bereits eingeschlummert, und der Vizegespan lud Wehmüllern, der mit seiner Arbeit ziemlich fertig war, wie auch den Zigeuner und Devillier zu sich in sein Haus ein. Sie nahmen es mit Freuden an, da sie dort doch ein Bett zu erwarten hatten. Frau Tschermack, die Wirtin, ward bezahlt und schloß die Türe mit der Bitte: wenn sie länger hier blieben, nochmals eine so schöne Gesellschaft bei ihr zu halten. Vor Schlafengehen wußten Devillier und der Zigeuner den Vizegespan zu bereden, am andern Morgen den Kordon mit durchschleichen zu dürfen, denn Michaly und Devillier sehnten sich ebenso sehr nach Mitidika, die jenseits war, als Wehmüller nach seiner Tonerl. Sie schliefen bis zwei Uhr, da packte der Vizegespan jedem eine Jagdflinte auf, und sie zogen, als Jäger, einem Waldrücken zu; aber kaum waren sie hundert Schritt vor dem Dorf, als sie seitwärts bei den Kordonpiketten verwirrtes Lärmen und Schießen hörten und bald einen Husaren, dem das Pferd erschossen war, querfeldein laufen sahen, welcher auf das Anrufen des Vizegespans schrie: "*Cordonus est ruptus cum armes in manibus a pestiferatis loci vicini*, der Kordon ist mit bewaffneter Hand von den Pestkranken des benachbarten Ortes durchbrochen." Als der Vizegespan dies hörte, ließ er seine Gesellschaft im Stich und lief über Hals und Kopf nach dem Dorfe zurück, um seine Bauern unter die Waffen zu bringen. Wehmüller und der Zigeuner schrien: „Gott sei Dank, nun laßt uns eilen!“ Devillier besann sich auch nicht lange, und sie liefen spornstreichs nach dem verlassenen Pikettfeuer hin, wo sie Bauern beschäftigt fanden, unter großem Geschrei das Brot und die anderen Vorräte zu teilen, welche das Pikett zurückgelassen hatte. Als sie sich näherten, kam ihnen ein Reiter entgegen und schrie: „Steht, oder ich schieße euch nieder!“ Sie standen und warfen die Waffen hinweg. Sie wurden gefragt, wer sie seien? und als sie erklärt: sie wollten über den Kordon, und der Reiter ihre Stimmen vernommen, stürzte er vom Pferde und fiel dem Zigeuner und Devillier wechselsweise um den Hals und schrie immer: „Michaly! Devillier! Ich bin Mitidika.“

Vor Freude des Wiedersehens ganz zitternd, riß das Mädchen sie in die Erdhütte des Piketts, wo sie dieselbe in männlicher Kleidung, mit Säbel und Pistole bewaffnet, erkannten, und sie wollte eben zu erzählen anfangen, als sie Wehmüllern scharf ansah und zu ihm sprach: „Bist du noch immer hier, Betrüger? Ich meinte, du seist gestern zu deiner angeblichen Frau nach Stuhlweißenburg gereist.“ Alle sahen bei diesen Worten auf den bestürzten Wehmüller; dieser sperrte das Maul auf vor Verwunderung. „Ich?“ fragte er endlich, „ich, gestern zu meiner angeblichen Frau?“ – „Ja, du!“ sagte Mitidika, „du, der du dich Wehmüller nennst und es nicht bist, du, der du deine Frau nicht einmal kennst.“ –

„O, das ist um rasend zu werden!“ schrie Wehmüller, „welche tolle Beschuldigungen, und das von einer wildfremden Person, die ich niemals gesehen!“ – „Unverschämter Gesell!“ schrie Mitidika; „du kenntest mich nicht! Hast du mir nicht seit mehreren Tagen mit deinen Liebesversicherungen zugesetzt? Hat der wirkliche Wehmüller dir nicht deswegen schon ins Gesicht bewiesen: daß du Wehmüller nicht sein könnest, weil der rechte Wehmüller an niemand denkt als an sein liebes Tonerl?“ – „Der rechte Wehmüller?“ schrie nun Wehmüller, „wo haben Sie den je gesehen? Er wenigstens kennt Sie nicht.“ – „Kennt mich nicht?“ erwiderte Mitidika, „und reist mit mir?“

– „Ich werde verrückt!“ schrie Wehmüller, „nun ist gar noch ein dritter auf dem Tapet; wo sind die zwei andern? Geschwind, ich will sie sehn, ich will sie erwürgen!“ – „Den dritten lügst du hinzu“, versetzte Mitidika; „der echte wird nicht weit von hier sein, ich will ihn holen, da sollst du beschämt werden!“ Nun lief sie schnell zur Hütte hinaus.

Dieser Wortwechsel war so schnell und heftig und die Veranlassung so wunderbar, daß Michaly und Devillier nicht Zeit hatten, dem verblüfften Maler zu bezeugen: daß er seit gestern in ihrer Gesellschaft sei und unmöglich der sein könne, welchen Mitidika kannte. Sie waren eben noch beschäftigt, den weinenden Wehmüller zu trösten, als eine ganz ähnliche Figur wie er selbst in die Hütte trat; bei dem erloschenen Feuer war es unmöglich, jemand bestimmter zu erkennen. Kaum hatte Wehmüller sein Ebenbild in derselben Gestalt und Kleidung erkannt, als er wie eine Furie darauf losstürzte; der andre tat ein gleiches, und beide schrien: „Ha, ertappe ich dich bei deiner Buhlerei unter meinem ehrlichen Namen!“ Sie rissen sich wie zwei Hähne herum. Devillier und Michaly brachten sie mit

Gewalt auseinander, und Mitidika führte den dritten Wehmüller herein. Wie groß war die Bestürzung aller, da nun wirklich drei Wehmüller zugegen waren. „Nein, das ist zum Verzweifeln!“ rief der Wehmüller, den Mitidika mitgebracht hatte, „da ist noch einer!“ – „Herr Jesus!“ schrie nun unser Wehmüller, „Tonerl, bist du es, bist du hier, Tonerl?“ – „Franzerl, lieber Franzerl!“ schrie der andere, und sie sanken sich als Mann und Frau in die Arme. Da wurde es dem einen Wehmüller, den Devillier festhielt, nicht recht wohl, und er sank vor Schreck zur Erde. Michaly schürte nun das Feuer wieder an, daß man sehen konnte, und Mitidika bezeugte die größte Freude, daß Tonerl, die in einem ganz ähnlichen Kleide wie ihr Mann von Stuhlweißenburg mit ihr diesem entgegengereist war, ihn endlich gefunden habe, nachdem sie zu ihrem großen Schrecken von dem falschen Wehmüller in dem Dorfe, das man wegen Pestverdacht eingeschlossen, sehr geplagt worden war, ohne sich ihm als Wehmüllers Weib zu entdecken, denn sie war auf einen alten Paß ihres Mannes gereist. Sie hatten sich kaum von der ersten Freude erholt, als

Mitidika sagte: „Wir müssen doch den falschen Wehmüller, der die Sprache verloren hat, wieder zu sich bringen." Da aber ihr Rütteln und Schütteln ganz vergeblich war, sagte sie: „Ich habe ein untrüglich Mittel von der seligen Großmutter gelernt; das Herz ist ihm gefallen, wir wollen es ihm wieder heraufziehen." Da nahm sie ein Schoppenglas und gab es Michaly nebst einem Endchen Licht – das sie am Feuer anzündete – und einem Scheibchen Brot. „Aha, ich weiß schon!" sagte Michaly und öffnete dem Ohnmächtigen die Weste über dem Magen, setzte ihm das Licht, auf der Brotscheibe befestigt, auf den Leib und stülpte das Glas darüber. Das brennende Licht, welches die Luft unter dem Glas verzehrte, machte ihm den Leib wie in einem Schröpfkopf in das Glas aufsteigen. Die ganze Gesellschaft lachte über dieses zigeunerische Kunststück, und der falsche Wehmüller kam bald zu Sinnen; der echte ging auf ihn zu und sprach: „Wer sind Sie, der auf eine so unverschämte Weise meinen Namen mißbrauchte?" Da antwortete der Patient, welchen Devillier und Michaly an der Erde festhielten: „Was Guckuck habe ich auf dem Leib? Es ist, als wollten Sie mir den

Magen herausreißen; tun Sie mir die vermaledeite Laterne vom Leibe, eher sage ich kein Wort; ich bin Wehmüller und bleibe Wehmüller!" – „Gut", sagte Mitidika, „wenn du noch nicht bei Sinnen bist, wollen wir dir etwas Süßes eingeben." – „Recht", sagte Michaly, „Katzenkot mit Honig, Zigeunertheriak." Auf dieses Rezept bekam der Patient andere Gesinnung und sprach: „Um Gottes willen, laßt mich aufstehen, ich will alles bekennen! Ich bin der Maler Froschauer von Klagenfurt." – „Das habe ich gleich gedacht", sagte Wehmüller, „jetzt habe ich Sie in meinen Händen, ich kann Sie als einen Falsarius bei der Obrigkeit angeben, aber ich will großmütig sein, wenn Sie mir einen körperlichen Eid schwören: daß Sie auf ewige Tage resignieren, ungarische Nationalgesichter in meiner Manier zu malen." – „Das ist sehr hart", sagte Froschauer, „denn ich habe ganz darauf studiert und müßte verhungern; den Eid kann ich nicht schwören." – „Er ist noch hartnäckig!" sagte Michaly; „geschwind den Zigeunertheriak her!" Und da Mitidika sich stellte, als wolle sie ihm etwas eingeben, entschloß er sich kurz und schwor alles, was man haben wollte, worauf sie ihn losließen und ihm die Laterne vom Leib nahmen. Die Freude und der Mutwille ward nun allgemein; aber der Tag näherte sich, und Mitidika rief eben die Kordonbrecher zusammen, um mit ihrem erbeuteten Proviant sich dahin zurückzuziehen, wo sie hergekommen waren. Aber der Vizegespan kam mit dem Kroaten, dem Feuerwerker, dem Gutsbesitzer und einigen Heiducken und Panduren herbei und brachte die freudige Nachricht, daß sie gar nicht nötig hätten, sich zurückzuziehen, denn der Kordonkommandant habe soeben bekanntgemacht: nur durch Mißverständnis sei das Dorf, in dem sie vierzehn Tage blockiert waren, in den Kordon eingeschlossen worden. Es solle ihnen deshalb verziehen sein, daß sie den Kordon durchbrachen, wenn sie dagegen auch keine Klage über den Irrtum erheben wollten; der Kordon habe sich schon nach einer andern Richtung bewegt. Der Gutsbesitzer bestätigte dies und lud die Gesellschaft, von der ihm Baciochi, Nanny und Lindpeindler so viel Interessantes erzählten, sämtlich nach seinem Edelhofe ein. Die Bauern und Zigeuner, die unter der Anführung Mitidikas den Kordon durchbrochen hatten, waren hoch erfreut über diese Nachricht, dankten ihrer Anführerin herzlich und kehrten singend nach ihrer Heimat zurück. Michaly aber nahm seine Violine und spielte lustig vor der Gesellschaft her, die dem Edelmanne folgte. Unterwegs gab es viele Aufklärungen und Herzensergießungen. Devillier und Mitidika hatten ihre Neigung bald zärtlich erneuert und gingen Arm in Arm; dann aber folgten die drei Wehmüller, Tonerl in der Mitte, und die andern gingen hintendrein über das Stoppelfeld. Mitidika sagte, daß sie Tonerl in Stuhlweißenburg kennengelernt, die, sehr bekümmert über das Ausbleiben ihres Mannes, eine Reisegesellschaft nach Kroatien gesucht, und da sie selbst, nach dem Tode ihrer Großmutter, zu ihrem Bruder Michaly habe ziehen wollen, hätten sie sich entschlossen, zusammen zu reisen in männlicher Kleidung. Frau Tonerl sei in einem Habit ihres Mannes und sie als ungarischer Arzneihändler gereist, bis sie in dem Dorfe plötzlich von dem Kordon eingeschlossen worden seien, wo sie auch Froschauer unter dem Namen Wehmüller ganz in derselben Kleidung vorgefunden, was die arme Tonerl nicht wenig erschreckt habe.

Nach vierzehn Tagen sei die Ungeduld und der Mangel der Einwohner, die wohl Hunger, aber keine Pest gehabt, über alle Grenzen gestiegen, und so habe sie sich an ihre Spitze gesetzt und den Kordon durchbrochen; das sei ihr aber gar leicht geworden, denn die Kordonisten wären, aus Furcht, angesteckt zu werden, gleich ausgerissen, als sie mit ihrem Haufen unter ihnen erschien.

Nun mußte Froschauer erzählen; er war eigentlich ein guter Schelm und sagte: „Lieber Herr Wehmüller, ich will Ihnen die Wahrheit sagen; der Spaß kostet mich fünfundzwanzig Dukaten und meine Braut. Ich bin der Maler Froschauer von Klagenfurt und liebe die Tochter eines Fleischhauers; das Mädchen aber wählte immer zwischen mir und einem wohlhabenden Siebmacher, der auch um sie freite. Er setzte dem Vater des Mädchens in den Kopf: es sei in den kaiserlichen Erblanden kein Maler, der eine Frau ernähren könne, und der überhaupt Genie habe, als der Wehmüller in Wien, der die ungarischen Nationalgesichter male, und der so und so gekleidet gehe; dabei hörte er nicht auf, von Ihnen und Ihrer

Arbeit zu reden, so daß der alte Fleischhauer und seine Tochter mir endlich erklärten: sie würden den Siebmacher vorziehen, wenn ich Ihnen in Ungarn den Rang nicht abliefe, und nun wettete ich mit dem Siebmacher: daß ich ihm in Jahr und Tag das Mädchen abtreten und noch fünfundzwanzig Dukaten dazu geben wollte, wenn ich Ihnen den Rang nicht ablaufen könne. Ich reiste nach Wien und nach Ungarn, forschte nach allen Ihren Bildern und warf mich so in Ihre Manier, daß man unsre Bilder nicht mehr unterscheiden konnte. Da ich nun erfuhr, daß Sie die Reise nach Stuhlweißenburg machen würden, wo Sie noch nicht gewesen, und sich auf dem Gute des Grafen Giulowitsch vorbereiteten, benutzte ich die Gelegenheit, Ihnen zuvorzukommen, denn ich wußte durch einen Freund bei der Hofkriegskanzelei, daß die dortigen Regimenter verlegt werden würden. Mit einem Vorrate von Nationalgesichtern in einer Blechbüchse und ganz gekleidet wie Sie, machte ich mich nun als neuer Wehmüller auf, und als ich auf der Grenze an der Maut ein Päckchen liegen sah, an Herrn Wehmüller, wenn er durchreist, überschrieben, ward es mir von dem Mautbeamten ausgeliefert. Es war dies das Bild Ihrer Gemahlin, welches sie auf ihrer Reise in einem Posthause hatte liegen lassen; ich nahm es mit, um es ihr einhändigen zu lassen, habe es aber vergessen dem Boten abzunehmen, der es trug, als er mich durch den Kordon brachte; denn meine Eile war groß, und ich triumphierte schon, daß ich, indem der Kordon Sie aussperrte, Ihnen gewiß zuvorkommen würde. Aber wie war mir zumute, da ich mich mit Ihrer Frau, als einem zweiten Wehmüller, den ich auch nicht für den echten erkannte, weil er von der Malerei gar nichts verstand, eingesperrt sah; bald ward ich aber von der Kühnheit und Schönheit Mitidikas, die es kein Hehl hatte, daß sie eine verkleidete Jungfer sei, so hingerissen, daß ich gern auf meine Braut und Wehmüllerschaft resigniert und alles gleich eingestanden hätte; aber Ehrgeiz und die fünfundzwanzig Dukaten hielten mich zurück. Ihr Erscheinen fuhr mir aber so durch alle Glieder, daß ich die Besinnung verlor; die fatale Laterne auf dem Magen und der angedrohte Theriak haben mich gänzlich hergestellt, und nun bleibt mir nichts übrig, als

Sie herzlich um Verzeihung zu bitten, mit dem Vorschlag: mich in Ihren Unternehmungen zum Kompagnon zu machen; Sie können meine Arbeiten untersuchen, und gehen Sie den Vorschlag ein, so glaube ich, daß wir einen solchen Vorrat von Nationalgesichtern anfertigen, daß unser Glück begründet ist, wenn wir redlich teilen.“ – „Das läßt sich hören!“ sagte Wehmüller, „die ganze Geschichte macht mir jetzt Spaß, und wenn ich meine Tonerl nicht so lieb hätte, so möchte ich, um es Ihnen wettzumachen, nach Klagenfurt reisen und Ihre Fleischerstochter und die fünfundzwanzig Dukaten Ihnen wegschnappen, aber so geht es nicht.“ Da umarmte er Tonerl herzlich und ward mit Froschauer eins: daß er ihm, wenn er seine Arbeiten untersucht, ein eigenhändiges Attest schreiben wolle: daß er ihn in allem sich gleich achte; gewänne er dann seine Wette, so könne er sein Mädchen heiraten und sich mit ihm auf gleichen Vorteil vereinigen. „Ja“, sagte Tonerl, „da habe ich doch eine Gesellschaft an Frau Froschauer, wenn ihr herumzieht.“

So ward der Friede gestiftet, und sie kamen auf dem Edelhofe an. Die Kammerjungfer und Lindpeindler standen unter der Türe und waren in großem Erstaunen über die drei Wehmüller, noch mehr aber über Mitidika; schnell liefen sie, der gnädigen Frau und dem jungen Baron die interessante Gesellschaft anzukündigen, und diese trat, von dem Edelmann geführt, in eine geräumige Weinlaube, wo die Hausfrau bald mit einem guten Frühstück erschien und alle die Abenteuer nochmals berichtet werden mußten; der Tiroler und der Savoyarde stellten sich auch ein, und der Edelmann bat alle, bei der Weinlese ihm behilflich zu sein, was zugesagt wurde. Am Abend, als noch viel über die drei Wehmüller gescherzt worden war, wollte Devillier der Gesellschaft eine Geschichte erzählen, die er selbst erlebt, und bei welcher die Verwechselung zweier Personen noch viel unterhaltender war, als der Graf Giulowitsch und Lury, sein Hofmeister, mit seinen Eleven bei dem Edelmann zum Besuch kamen; sie freuten sich ungemein, den guten Wehmüller zu finden und die Aufklärung seines Abenteuers zu hören. Die Erzählung Devilliers ward aufgeschoben, aber nach dem Abendessen mußte die schöne Mitidika all ihren Schmuck, den sie einst von Devillier empfing, anlegen; die Edeldame half ihr selbst bei ihrer Toilette, denn Nanny, die Kammerjungfer, wurde unpäßlich. So geschmückt trat das braune Mädchen wie eine Zauberin vor die Gesellschaft; der Tiroler breitete seine Teppiche aus, und das reizende Geschöpf tanzte, schlug das Tambourin und sang – wozu Michaly sie begleitete – so ganz wunderbar hinreißend, daß alles vor Erstaunen versteinert war. Sie schloß ihren Tanz damit, daß sie den Teppich plötzlich erfaßte, sich schnell in ihn einpuppte und an die Erde niederstreckte, wie damals in der Hütte. Ein lebhaftes Beifallklatschen rauschte durch den Saal; Devillier aber kniete vor ihr, weinte wie ein Kind und wurde ausgelacht; so schied die Gesellschaft für diesen Abend auseinander. Die Erzählung, welche Devillier versprochen, eine andere des Tirolers und eine des Savoyarden unterhielten an den folgenden Tagen, und ich werde sie mitteilen, wenn ich Lust dazu habe.